Isekai de Taida na Inaka LIFE.

異世界で怠惰な田舎ライフ。

6

Taiyo Kureha

太陽クレハ

リム

ガートリン家のメイド。
「アズライトの瞳」を持ち、
魔力の流れを
視ることができる。

ラーナ·ロンアームス

ロンアームス伯爵家の娘。
兄は転生者。
恋でも魔法技術でも
リムのライバル。

テレシア·ワレンチナ

前世のユーリの幼馴染。
高位の治癒魔法使い。

ユーリ·ガートリン

【超絶】のスキルを持って、
異世界に転生した本作の主人公。
全てにおいてやる気がない。

ローラ

ユーリの母親
代わりのメイドさん。
何よりもユーリが大切で
弟のようにも思っている。

ノア・サーバント

『クリムゾンの神剣』の二つ名を持つ。
王国最強『紅蓮騎士団』の団長。

ニール・ロンアームス

ロンアームス伯爵家四男。
ユーリと同じ転生者。

アンリエッタ・ガートリン

ユーリの実妹。【超絶】のスキル持ち。

登場人物紹介
characters

プロローグ

どこかの病院の一室——。

病室には、一つだけベッドが置かれている。

そのベッドに、左腕に包帯が巻かれた男性が点滴を打たれながら寝ていた。

男はユーリ・ガートリンの前世であるオカザキツバキのようである。

ツバキはげっそりと痩せこけていた。

唇は割れてカサカサ。

爪は噛んだ後のようにボロボロだ。

顔色は真っ白で、今にも消えてしまいそうな危うさがある。

そしてその蒼白な表情以上に際立っているのが、手足をベッドに拘束している器具だった。

その時——。

ツバキが眠る病室の扉をノックする音が響いた。

もちろん眠るツバキからの返事はない。聞こえるのは微かな寝息と、少し開けられた窓からの風

が、カーテンを揺らす音だけだった。

「失礼します」と、小さな声と共に扉がゆっくりと開いた。

病室に入ってきたのは、長い黒髪を揺らした少し古風な印象のある……とても美しい少女だった。

ただツバキの姿を見た彼女は、今にも泣き出しそうなのをぐっと堪えているような、そんな苦悶の表情を浮かべた。

そしてすぐに駆け寄って、包帯の巻かれていない右手を握った。

「よかった……。本当によかった。生きていてくれてありがとう」

彼女は瞳に涙を溜めながら独りごちる。

「けど……また自殺なんてしようとしたんだね」

よく見ると、彼女に握られているツバキの手首にはすでに無数の傷の痕があった。

「貴方のお母さんが死んでからもう、何回目になるかな。私じゃ……支えられないのかな……」

しばらくの沈黙の後、彼女は再び口を開いた。

「……迷ってたけど……決めたよ。私は最低で馬鹿なことを」

そう声に出したと同時に、彼女の瞳から決壊するように涙がぼろぼろと零れ落ちていった。

すると、ベッドで寝ていたツバキが身動ぎ、薄らと目を開けた。

「う……サ……クラ？」

ツバキは蚊の鳴くような声で、ベッドの傍に立っていた彼女……サクラに呼びかけた。

「分かる？　ツバキ」

サクラの問いかけに、ツバキは大きく息を吐いた。

そして手を動かそうとするが、拘束具に阻まれてしまう。

「はぁ……そうか……また……死ねなかったの……か」

「うん」

サクラはゆっくり頷いた。

するとツバキは、サクラに握られていた手を握り返して言った。

「サクラ……頼む。この……拘束具、外してくれ」

「……ダメ。出来ないよ」

「……頼むから……死なせてくれ」

「その頼みは聞けない。ツバキ……ごめんね。これから貴方に最低なことをします」

「サクラ……何を言って？」

サクラはツバキに顔を近づけ、目を真っ直ぐに見た。

そして、ゆっくりとした口調で告げる。

「私の目を見て……ゆっくり呼吸して……ゆっくり……ゆっくり……ゆっくり……瞼が少しずつ重くなっていく。重くなっていく。そして、意識が、深く深く、潜っていく。私の声だけが──」

サクラはしばらくの間、まるで催眠術師のように、ツバキにゆっくりと催眠誘導をかけていった。

そしてツバキの瞼が次第に重たそうになっていくのを確認すると、タイミングを見計らってパチン

と指を鳴らした。

その音を合図に、ツバキの体が完全に脱力した状態になる。

「あ……うぐ……ん」

「……ふふ、このためにすごい勉強して練習してきたとはいえ、うまくかかるか不安だったから、出来てよかった」

サクラはツバキの頬に手を当てて少し笑った。

「ツバキ……。いいですか、貴方のお母さんが死んだ理由のすべてを私にぶつけて……。私を憎むことで、どうか自分を責める気持ちを忘れてください」

サクラの声が聞こえたのか、目を瞑っていたツバキの眉間の皺が深くなる。

サクラは更に、ツバキに幾つかの暗示となる言葉をかけていった。

それから二十分が経過した頃、「……完了かな」と安堵の表情でサクラが独りごちる。

サクラの視線の先には、和らいだ表情で眠っているツバキの姿があった。

「まぁ……何度か刷り込みが要るんだろうけど」

サクラは目を細めてツバキの頬に触れながら、ゆっくり独白する。

「催眠治療は、病院の先生が今までも試していたようだけど効かなかった。けど、私みたいに……ある程度信頼のおける人からかけられるほうが、効きやすいって本には書いてあったから。ただ、かけ方が無理矢理すぎるね。人格が歪んでしまうかもしれない。もちろん、素人がすべきではない

ことも分かってる。ただ、私をどんなに憎んでもいいから。生きて欲しい……って言っても不安だな。ツバキは優しいから、ちゃんと私を憎んでくれるかな？　……私も馬鹿だなぁ。他に方法がないとはいえ、大好きな人に私を憎めなんて……今世では結ばれないだろなぁ。けど……来世でまた必ずツバキを見つけだして、恋をするから……。ツバキ、大好きだよ」

サクラはツバキの唇にゆっくりと自身の唇を近づけ、そして目を瞑り……そっと口づけた。

　　　◆

ガートリン男爵家王都別宅、ユーリ・ガートリンの寝室。

時刻は、誰もが寝静まっているであろう真夜中。

「うぐ……」

夢にうなされているのか、ユーリの額からは大量の汗が噴き出していた。

すると突然、がばりと起き上がる。

そして肩で大きく息をした。

「はぁはぁ……夢？　いや……違う。俺の記憶で間違いない」

ユーリは手で顔を覆おうとして、ピタリと止まった。

その手が小刻みに震えているのだ。

「そういうことだったのか……すべて思い出した。どうりで記憶に曖昧なところがあると思ったん
だよ。雑だよ。本当に」

ユーリは憂鬱な表情で溜息を吐いて、ベッドにばさりと横たわった。そして、天井を見る。

「忘れていたんではなくて……忘れさせられていたという訳か。はぁ……俺を死なせないため
に……。そうか、俺は弱いな。ほんと、チキン野郎だ。アンの奴に偉そうに言えないな」

この世界の妹アンリエッタ・ガートリンの顔を思い出しながら、ユーリは珍しく怒りの感情を露
わにする。

奥歯を強く噛みしめて目を瞑った。

「……しかし、自分を恨めなんて桜（さくら）らしい斜め上の発想だけど。馬鹿だな。俺が桜を憎むなんてあ
る訳ないだろ。ずっと言えなかったけど、好きだったんだ。その感情すらも捻じ曲げやがって……
どうしたらいいんだよ」

ベッドの枕元には、ユーリと同じ転生者ニール・アームストロングから手渡された、冬咲桜（ふゆざき）が
ユーリに宛てた手紙が置かれていた。その手紙によると、今世の桜──テレシア・ワレンチナは、
どっかの王子様と、一カ月もしないうちに望まない結婚をすることになるらしい。

10

第一話　俺がやるべきこと

ユーリ・ガートリンが、クリムゾン王国のガートリン男爵家の三男として生を受けて十三年、そして王都にある騎士学校に入学して、十一ヵ月が経とうとしていた。

ユーリには岡崎椿としての前世の記憶がある。

彼は前世での死後、異世界崩壊を食い止めるため、神様にチートスキルを渡されて無理矢理転生させられたのだ。

面倒事はご免だからと怠惰に生きようと思っていたユーリだったが、そんな思惑とは裏腹に災難ばかりが襲ってくる。

つい先日も、ユーリは今世の実妹であるアンリエッタ・ガートリンにいきなり喧嘩をふっかけられ、半年に亘って本気の殺し合いを繰り広げた末、何とか帰ってきたばかりである。

ちなみにその半年間、ユーリとアンリエッタは魔導具によって謎の異空間に閉じ込められていたのだが、帰ってきたら、なぜかクリムゾン王国の最強の騎士ノア・サーバントと修行の旅に出ていた、と周知されていた。

おそらく、ユーリの不在が問題にされないよう、ユーリの師匠であるコラソン・シュルツが、何

かしらの魔法を使ってそう思い込ませているのだろう。

ユーリはここ最近のそんなバタバタを思い出しながら、ゆっくりと溜息を吐いた。

（しかし桜と師匠のことは、どうしたらいいんだ。俺は……）

幼馴染の桜は、こちらの世界にテレシア・ワレンチナとして転生していた。

ユーリはあの夢を見て以降、未だ桜のことを整理できずにいる……。

そして、思い悩んでもいた。

桜にかけられていた催眠術が解けたことによって、椿に関する封じ込まれていた過去のある記憶が鮮明に蘇った。

それは、包丁を持って切りかかってくる母親と椿がもみ合いになり、正当防衛とはいえ母親を刺し殺してしまった時の記憶だった。

だから椿は精神的に追い詰められ、自殺を図っていたのだ。

桜はそんな椿を何とか食い止めるために、催眠術をかけたのである。

もちろん、桜に悪意があった訳ではないことはユーリも分かっている。だから、憎む気などまったくない。

ただ、それとは別に、催眠術が解けたユーリの中には特別な感情が湧き上がっていた。

それが目下のユーリの悩みだった。

（今更、過去を悔いて自殺するつもりはない……。しかし、俺は桜のことが……桜のことが好き

だった)

　ユーリは奥歯を噛みしめ、手を胸ポケットに持っていく。

そこには桜からの手紙が仕舞われていた。

（正直、桜も俺のことを好きでいてくれていたのを知って嬉しかった。俺にとって桜は、命の恩人であり、最愛の人だ。そんな桜に、俺ではない男との結婚式が迫っている。本当ならどんなことをしてでも桜を奪いたい。しかし、そう簡単にはいかない。桜の結婚相手は、どっかの国の王子様なのだ。もしその王子様から桜を奪うのだとしたら、国を敵に回すことにならないだろうか？ そんなことになれば、桜ばかりか、俺や桜が大切に思っている人々まで危険に曝されるのではないか？）

　ユーリは自問自答を繰り返すが、いつまでも答えが出ず、何の行動にも移せないでいた。

　まとまらない考えにうんざりし、溜息を吐く。

「はぁ」

（最近、いろんなことが重なり過ぎている。師匠のことだって、なんとか……俺が）

　ユーリにとって、コラソン・シュルツは魔法を教えてくれた大切な人物である。

　コラソンは長命なエルフ族であり、その優れた魔法技術により、二つ、三つの都市なら軽く吹き飛ばすことが出来るほどの使い手だ。

　ユーリがコラソンと出会ってから、かれこれ七年が経とうとしていた。

　コラソンには、魔法だけでなく多くのことを教わっていた。

森の歩き方に、力の使い方や隠し方……挙げたらきりがないくらいだ。

(俺はあの人のことを本当の兄のように慕っている。なのに、なんなんだよ。「僕を殺してくれ」って……俺にまた大切な家族を殺せっていうのか……)

アンリエッタとの死闘から帰還したユーリに、コラソンは突然「僕を殺してくれ」などと告げた。ユーリがそれを拒否すると、「運命は動き出した」と言い残して忽然と姿を消してしまったのである。

(俺はどうしたらいいんだ? 誰か教えて欲しい。……いや、今俺がやらなくてはいけないことは分かっている。分かっているんだ。桜の件は、桜の幸せを考えて身を引く。それで桜のことは忘れればいい。俺はもっともっと力を高めて師匠を救って、そしてこの世界を崩壊させないように行動するんだ)

「そうしなくては、いけないんだ」

ユーリは自分に言い聞かせるようにポツリと小さく呟いた。

そしてゆっくり前を見る。

視線の先にある教壇では、騎士学校の教員のクリストが教本を片手に授業を進めていた。こはユーリが通っている騎士学校の教室で、今は授業の真っ最中だった。

「……」

ユーリがぼーっと黒板を眺めていると、突然、クリストが視線を向けて睨みつけてくる。

「おい、殺気が漏れているぞ。引っ込めろ」

「ああ……そうか」

クリストに指摘されて、ユーリは気を静めるようにふーっと息を吐いた。

「いい加減にしろよ。お前の殺気で、ほとんどの奴が寝ちまっただろうが」

ユーリが教室内を見渡すと、クラスメイトは全員机に突っ伏して気を失っていた。

「おいおい。数日後には騎士交戦の開催地に向かうんだろ？　本当に大丈夫か？」

「……」

「お前、どうしたんだ？　こっちに帰って来てからおかしいぞ？」

「そうか？」

気の抜けたようなユーリの返事に、クリストは顔を顰めた。

「……あぁ大丈夫だろ」

ユーリは自分に言い聞かせるようにクリストに答える。

（そう……。俺は大丈夫なのだ。俺は大丈夫）

クリストはその返答に納得しなかったらしく、教壇の机上に教本を置くと、ユーリの目の前まで

やって来て再び問いかけた。

「何があった？」

「……何もないよ」

何かを見透かしたようなクリストの質問に、ユーリは白を切り通す。

二人は、無言のまましばらく互いの視線と視線を合わせていたが――。

「……そうか。まぁ、お前は可愛くない奴だからな。俺の心配は必要ないか」

クリストはゆっくり頷くと、ニヤリと笑みを浮かべて言った。それから踵を返し、パンパンと手を叩きながら「いつまで寝ている！　起きろ！」と、ユーリの殺気で気絶した生徒達を起こしつつ教壇に戻って行った。

「ごつい殺気やったな……」

「本当だな。全身に剣を突き立てられた……そんな感じだった」

「……もうこれは」

クリストの声によって、次々と目を覚ました生徒達の声で教室が騒々しくなる。

その騒音を煩わしく思ったユーリは、すかさず自らの半径一メートルくらいに音魔法の【サイレント】をかけた。

（今は誰とも関わりたくない）

ユーリは上の空の状態で、ぼんやりと窓の外に視線を向ける。すると、ユーリの頭の中に『天の声』が聞こえてきた。

『音魔法（大）がレベル1から2に上がりました』

熟練度のレベルアップを知らせる声だ。

16

ユーリは実の妹であるアンリエッタとの殺し合いを経て、神様からもらったチートスキルの【超絶】が【全能】にランクアップしていた。だがそのスキルは、想像以上にやばい力らしい。ユーリは自身のステータスを鑑定してみる。

ユーリ・ガートリン　レベル64

HP　9000／9000　MP　9350／9350

攻撃力　10000　防御力　9550

スキル　【全能レベル5】【言語対応レベル7】【隠匿レベル10】
【鑑定レベル10】【危険予知レベル10】【剣鬼レベル10】
【調理レベル10】【剣術（大）レベル5】【耐毒性レベル10】
【夜目レベル10】【調薬術レベル7】など

魔法　【火魔法（大）レベル10】【水魔法（大）レベル10】【風魔法（大）レベル10】

【土魔法（大）レベル10】【無魔法（大）レベル10】【音魔法（大）レベル2】
【時空間魔法（大）レベル10】【重力魔法（大）レベル5】【氷魔法（大）レベル10】
【雷魔法（大）レベル6】【治癒魔法（大）レベル10】

付与　【精霊王の加護】【足枷の呪】

　ここ最近まで停滞ぎみだったスキルや魔法の熟練度がすごい速さで上がっていたのだ。以前のユーリなら己の力の向上を抑制する意識も働いただろうが、今は気にする様子はない。この世界の師匠を救うため、少しでも力を高める必要があるからだ。

「はぁ……」

　不意にユーリから溜息が零れた。そして、頭を抱えて俯く。

（あぁ……ダメだ。どうしても、桜のことが頭から離れない。今更、何をやったとしても遅いに決まってる。それに桜の婚約者は王子様だ。俺なんかと一緒にいるより幸せだろう。だけど、彼女について考えないようにするには、いったいどうしたらいいのだろうか？　分からない。じゃあ……どうする？　分からない……けど、いつか答えが出るかもしれない。それに思い出すことが仕方ないのだとしても、時が経てば思い出す頻度も下がるはず。そうか、時間が解決してくれることもある。今は桜を思い出しても目を背け、師匠を助けて世界を救うことだけを考えればいい。それで

いい）

　ユーリは自問自答しつつ無理矢理答えを導き出すと、ゆっくり深呼吸をして【サイレント】を解いた。再び教室内の喧騒がユーリを包み込む。今はただ桜のことを忘れるため、ユーリは再開された授業に耳を傾けるのだった。

　それから数日、いろいろなことがあった。
　王様に謁見したり、騎士学校では騎士交戦出場者の激励会が行われたり。
　そんなふうにユーリが忙しく過ごしていると、あっという間に四カ国平和サミットの開催日程が近づいた。
　そして、ユーリは騎士交戦の会場があるサミットの開催地へ旅立つことになった。

第二話 英雄と大悪党

ユーリが騎士交戦の会場へ向けて旅に出てから三日。

彼は現在、クリムゾン王国が用意した巨大ガレオン船に乗って海上を移動していた。

空は澄み渡るような快晴であり、心地よい潮風が海を渡っていく。

「……ふう、今日はいい天気だな」

ユーリは甲板の上に座り、船と並走する海鳥を眺めながら呟いた。

「あの……」

ユーリと同じく騎士交戦に参加するため乗船していたラーナが、ユーリの隣に腰を下ろした。

ラーナ・ロンアームスは、ユーリと同じ地球生まれの転生者ニール・ロンアームスの妹だ。

「ん？　なんだい？」

「ユーリ様……顔色が冴えないようですが」

「……ハハ、問題ないよ」

「ほんとに、大丈夫ですか？」

「ラーナこそ、どうしたんだい？」

愛想笑いを浮かべたユーリが、気の抜けた生返事でラーナに答えた。

心ここに在らず、といった表情のユーリの瞳には彼女の姿は映っていないらしく、どこか遠くの世界を見つめているようだった。

ラーナはそんなユーリの心中を察しつつも、どこか悔しそうに顔を歪めた。だが、すぐに笑顔を取り繕い、明るい声で別の話題に切り替える。

「もう少ししたら、マトーゴラという街に二日ほど停泊するようですよ？」

「そうなんだ」

「マトーゴラは有名な観光地なので、一度行ってみたかったんです」

「……それはよかったな」

「あの……よろしければ、一緒に街を観光しませんか？」

「いや、俺は……」

ユーリはラーナの誘いを断ろうと口ごもる。と、その時、ユーリの背後から聞き慣れた人物の声が響いた。

「行って来るがいいの」

振り返ったユーリの視線の先には、歩み寄って来るノア・サーバントがいた。

意味深にニヤリと笑うノアに対し、ユーリは眉間に皺を寄せながら浮かない声を絞り出す。

「えー……」

「ほほ、これは命令じゃからの」

穏やかな声色とは裏腹に、ノアの言葉にはどこか有無を言わさぬ圧力がある。

ユーリは諦めたように溜息を吐いた。

「……はぁ。分かりましたよ。それで何が目的ですか？」

ユーリは渋々了解すると、次にノアの背後に佇んでいる怪しげな風体の人物に視線を移した。相手は体格を覆い隠すほどのローブを身に纏っており、年齢や性別も判然としない。分かるのは身長の低さからして子供、ということくらいか。

ちなみに、ユーリの同行者として船に乗っているのは目の前のノアとラーナに加え、ユーリ専属のメイドであるローラとリム、警護担当であるディラン、アンリエッタ、ニールの七名のはずだった。そのうちのローラ、ディラン、アンリエッタはユーリのお付きの者としての役割を担っており、リム、ラーナ、ニールはユーリのチームメンバーとして騎士交戦で共に戦うことになっている。

「ほほ、察しが良いの」

「ノア様の顔を見た瞬間、何だか嫌な予感がしたんですよね……」

「ほほ、ここでは人の目が多いのでな。場所を変えよう」

ノアはそれだけ言うと、何の説明もなく背を向けた。

怪訝な顔で互いに見つめ合った後、ユーリとラーナは意味も分からぬまま、ノアの後を追って歩きだした。

ノアがユーリとラーナを自室へ招き入れると、謎めいた小柄な人物がローブを脱ぎ素顔を見せた。燃えるような赤い髪が特徴の、青い瞳をした少年だった。年齢の割に落ち着いた印象を受ける。

（どこかで見たことがあるような、ないような……？）

ユーリは首を捻りながら記憶を遡るが、はっきり思い出せずにいた。

だが一方、ラーナはその少年が誰か分かったのか驚きのあまり息を呑んで硬直している。

首を傾げるユーリの様子を見て、ノアはやれやれと呆れたような表情で首を振り口を開いた。

「はぁ……小僧が王へ謁見した時にもおられたんじゃがな」

「？　ということは」

ユーリはノアの言葉の意図を解し、改めて赤い髪の少年の顔を凝視する。

「僕はセラム……セラム・バン・クリムゾンです」

「……」

ユーリはセラムの自己紹介を聞いて、視線を再びノアに向けた。

何かを企むようなノアの笑みを見て、ユーリは眉間に皺を寄せて渋面を作る。ノアの頼み事とやらがなんなのか。ユーリはその思惑を悟ると、すぐさまノアの傍へ歩み寄り、その服の袖を掴んで部屋の端に移動した。

「ノア様」

「なんじゃ？」

「それはこっちのセリフです」

ユーリは苦々しい表情を見せた。それは本来失礼に当たるだろうが、無理もない。

セラム・バン・クリムゾンとは、ユーリが暮らすクリムゾン王国の第一王子の名前だ。そして、目的が何であれ、ノアがこれから言ってくるであろう無茶ぶりに気づいたのだ。

「ほほ、気づいたようじゃな。そうじゃ、マトーゴラの街に着いたら、お主らには王子のお忍びに付き合ってもらうからの」

「……拒否権は？」

「ある訳なかろうに」

「王子には他に護衛がいるんでしょ？　そいつらに任せれば……」

「もちろん、護衛連中には儂が言い聞かせて休みを取らせておる」

「……はぁ」

「分かったかの。では、小僧も挨拶するがいいの」

今度はノアがユーリを引っ張って、セラムの前に突き出した。ユーリは心の中で頭を抱えつつも、苦々しい顔をどうにか引っ込めてセラムにお辞儀する。

「えっと……セラム様。私はガートリン男爵家の三男ユーリ・ガートリンです。今回、僭越ながらマトーゴラにて護衛を務めさせていただくことになりましたので、よろしくお願いします」

「あ、はい。セラム様。私はロンアームス伯爵家の三女ラーナ・ロンアームスです。よ、よろしくお願いします」

ユーリの無難な挨拶に続いて、ラーナも緊張した面持ちで頭を下げた。

「今回は僕のわがままに付き合わせてしまい悪いことをしました」

二人の挨拶を聞くと、セラムが子供らしく邪気のない笑顔でニコリと笑った。

「……えい」

「め、めっそうもございません……！」

ユーリとラーナは再び頭を下げた。

「ふふ、貴方がユーリ殿か。すみません、ノア殿から以前より貴方のことは聞いていたのですが、もっと筋肉ががっちりと付いた大男を想像していました」

セラムはユーリを眺めながら、興味深げにその体を観察する。

この時、ユーリはセラムがまだ子供とはいえ王族に目を付けられるのは面倒だと考えていた。なので、実力を悟られないようにスキルの【隠匿】を使っていつも以上に弱者を装いつつ、首を横に振った。

「ノア様に何を吹き込まれたのか知りませんが、私は大して取り柄のある人間ではないですよ」

「え、そうなんですか？」

「実はそうなんです」

いかにも本当らしい口調で、ユーリはセラムに嘘を信じ込ませようとした。すると、いつの間にかセラムの後ろに立っていたノアが咳ばらいをして口を挟む。

「おほん。大した男でない者が騎士交戦に出場できるとは思えんがな」

（くそ爺が……余計なことを）

ユーリが心の中でノアを呪っていると、セラムが再度問いかけてくる。

「あ、確かにそうですね。嘘なんですか？」

「いや、ノア様は私のことを過大評価していますね。本当の私はちょっと剣術が出来て、ちょっと魔法が使えて、ちょっといいスキルを持っているだけなんですよ。今回はたまたま運がよかったんです」

「運ですか？」

「そうです。運です。運さえよければ、試合は勝てますし、テストだっていい点数が取れますでしょう？」

「な、そうなんですか？」

ユーリの言い訳を聞いて、セラムは目を見開いて驚く。

嘘は言っていない。ユーリが強運なのは事実だし、実際に運が良ければなんだって出来る。

だから、嘘は言っていない。

ただ、その様子を見ていたノアが再び口を開いた。

26

「セラム様、この小僧はの、こうやって自分を弱く見せるのが上手いのじゃよ。実際に今もスキルの【隠匿】を使って、一般人レベルまで気配を落としているんですじゃ」

ユーリは小細工を弄してどうにかセラムに自分を弱く見せようとしていた。にもかかわらず、ノアが横から会話に割り込んでその努力を台無しにするのだった。

「はぁーなるほど！　能ある鷹は爪を隠す、というやつですね！」

「うむ、小僧はこのように気配を消して敵を最小限の労力で倒しつくすのじゃよ」

「それはすごい！」

セラムは尊敬の眼差しをユーリに向けた。しかし、当のユーリは何とも言えない表情を浮かべて言葉を詰まらせた。

「いや……えっと、だから」

それからしばらくの間、ユーリとセラムは同じようなやり取りを繰り返した。だが、ノアの横やりによってユーリの言い訳も空しく終わるのだった。

マトーゴラの街の港に到着する一時間前。

ここはラーナとリムに与えられた二人部屋。

「うへ……気持ち悪い。船の中で本を読んでいたら少し酔ったよ」

船酔いでやられているリムが蒼白な顔で言った。それに対して、ラーナは溜息を吐いて返答する。

「もう……無理してついて来なくてもよかったんですよ」

ラーナとリムの二人は先ほどから口喧嘩に近い会話を交わしつつ、持参した外出用の服に着替えているところだった。

ユーリとラーナとリムの三人は、急遽、クリムゾン王国の第一王子であるセラムを連れて街を観光することになったからだ。ノア様に頼まれた当初は、ユーリとラーナだけでセラムの護衛をするつもりだった。ところが、その話を聞いたリムが「私も一緒に行く！」と駄々を捏ねたのだ。ちなみにニールとアンリエッタも誘ったのだが、稽古とは思えないほどの真剣勝負の真っ最中で、彼らにはまったく声が届かなかった。

「……ユーリの様子どうだった？」

リムは、カバンから取り出したお気に入りの青いワンピースの袖に腕を通しつつ、ラーナに尋ねる。

「……」

ラーナはリムの問いかけに一瞬表情を曇らせた。その僅かな変化をリムは見逃さず、彼女も顔を暗くする。

「やっぱり今のユーリはなんか変だよね」

「はい……」

「どうしたらいいのかな？　ローラさんも言っていたけど」

28

「リムもテレシアさんからユーリ様の過去は聞きましたよね」

「うん。最初は嘘だと思ったよ」

ラーナとリムは、ユーリが『ケイリの玉』の中でアンリエッタと殺し合いをしていた間に、ユーリのもとを訪ねようとしたテレシアと交流していたらしい。おそらく、彼女からユーリの過去の出来事を聞いたのだろう。

「私は考えたことがあるんですよね。ユーリ様は何でそんなに誰にでも優しいのか」

「面倒臭いと言いつつね」

「ふふ、そうですね。ユーリ様の過去については信じられませんでしたが……ユーリ様が誰に対しても優しい人である理由が分かった気がしたんですよね」

「ん?」

「誰にでも優しいのは、大切な人がいないからではないか。恥ずかしながら、ユーリ様の過去を知る以前まではそう思っていました。けど、違いました。ユーリ様は大切な人がいないのではなく、昔、大切な人を失ったからこそ、誰にでも優しいのだ、と」

「……そうだね。うん、そうだね」

「ユーリ様は強い人です。でも、今のユーリ様から聞こえてくるのは、深い深い海の底で必死にもがき苦しんでいる……そんな音です。私の【マインドサウンド】の効果がないほどです」

「私達じゃ、ユーリの力になれないのかな? 支えにはなれないのかな?」

「難しいですね。少なくとも今のユーリ様の視線の先に、私達がいないことは確かです」

「そうだよね。けど私達が暗くなっていたらダメだよね。ちょっとでもユーリを元気にしたいんだから」

「ふふ、そうですね」

「そうと決まれば、遅れないように準備しなくちゃ。このワンピースどうかな？　可愛いかな？」

リムは身支度を整えると、鏡の前でポーズを決めるようにラーナへ見せた。

ラーナはにっこりと頷きつつ、自分の着た服の裾を摘みながら「私はどうかな？」とリムの反応を窺うのだった。

マトーゴラの港にガレオン船が接岸すると、ユーリ、ラーナ、リム、セラムの四人は船を降りて近くの屋台街へ繰り出した。

街には円形の青い屋根が印象的な建物が並んでおり、その壁は白を基調とした色合いで塗装されていた。マトーゴラを領地とするシャンゼリゼ王国の建築様式なのだろう。クリムゾン王国では見られない景色である。この街はシャンゼリゼ王国内の休養地とされているだけあり、様々な民族服装を身に纏った人々が通りを賑やかに行き交っていた。

「ユーリ兄さん。ユーリ兄さん。あれは何？」

「あぁ、あれは魚の串焼きを売っている屋台だよ」

「あれが屋台というやつか……。　物語の世界ではよく登場するけど、実際に見るのは初めてだよ。

行ってみよう」

セラムは目新しい風景に興奮し、ユーリの手を勢いよく引っ張って先へ先へと歩いて行く。その

後ろにはリムとラーナが続く。ちなみに現在の状況を補足すると、自分達の正体を知られないよう

カモフラージュを兼ねて、セラムは彼らの呼び方を変えていた。ユーリのことは『ユーリ兄さん』、

リムとラーナの名前には『姉さん』を付け加える、といった具合である。なお、敬語は基本的に禁

止とした。周囲の人間に身分関係を知られないためだ。

ただし、ラーナはどうしても友達口調に慣れなかったため、そのままにしていた。

「まるで、本当の兄弟みたいだね」

「そうですね。ユーリ様はなんだかんだ言って、子供好きですから」

「少しはこれで気が紛れるのかな?」

「そうだといいのですが……」

リムとラーナがそんな会話をしていると、前方を歩いていたセラムが興奮した様子で声を上げて

二人を呼んだ。

「リム姉さん、ラーナ姉さん。焼きたての魚の串焼きがあるよ!　食べよーよ!!」

ユーリはセラムの元気さに苦笑しながら屋台の店主に注文した。代金を支払うと芳ばしい香りを

漂わせた熱々の魚の串焼きを渡される。

「ほら、落とすなよ」

魚の串焼きはユーリによってセラムとリム、ラーナに手渡された。ちなみに店主が見せてくれたのだが、魚の串焼きにされる前は黄色の鱗を持つ二十センチくらいの魚だった。

「へぇ……見たことないや」

「ここの港で水揚げされたお魚なんだろうね」

「マトーゴラは温暖な地域ですから。カラフルなお魚が多く捕れるようですよ」

興味深げな顔で魚の串焼きを眺めているセラムとリムに、横にいたラーナが説明する。

「んー」

「どうした?」

ユーリから手渡された魚の串焼きを持ったセラムが、何やら困った表情を浮かべている。その様子に気づいたユーリがセラムに問いかけた。

「……ユーリ兄さん。これって、どうやって食べたらいいのかな? ナイフやフォーク、それにお皿もないよ」

「どうやってって……こんなもん、魚に齧り付いたらいいじゃない」

「はぁ〜なるほど、男らしいね……カッコいい!」

「ん? カッコいいか?」

ユーリが尋ねると、セラムがふと何かを思い出したように言った。

「あー、そうだった。この街を題材にした『三人の英雄』という冒険譚で、こんな描写があったんだよ。忘れてた！」

「あぁー確かにあったな。えっと、マトーゴラの街を襲いに来る『山食い』と呼ばれた魔物『サンドアンベシル・タートル』を打ち取る話だったか？」

「そうそう、その話は大好きで何度も読み返したんだ」

サンドアンベシル・タートルとは、硬い甲羅を持った山のようにでかい亀の化け物だ。

「あぁ。俺も読んだよ。懐（なつ）かしいな」

「巨大なサンドアンベシル・タートルを打ち倒すため、英雄が魔物の口の中に飛び込んだ後、腹を切り裂いて出てきたのには驚いたなぁ。ふふ」

「まぁ……やることが大胆だよね。本当に英雄さんという奴は……」

（……英雄さんか……そうか、俺はもう『三人の英雄』の彼らのように世界を救わなきゃならないんだよな。そうだ、俺は自分の身勝手な思いなんかに捉われず……英雄さんのように……英雄さんのように。じゃないと……もう、何も守れないんだ）

ユーリは『三人の英雄』の冒険譚に思いを馳せた。何度も心の中で反芻（はんすう）することで、彼らの姿と自分とを重ね合わせる。それが本来あるべき正しい道であると自らに暗示をかけるように。だが、ユーリの思考に相反して、その思いつめた表情はみるみる暗くなっていく。

「ユーリ様……」

ユーリの顔色の変化に気づき、ラーナは魚の串焼きを食べる手を止めた。

心配そうな声を出すラーナの顔を見て我に返った。

で、自身の深刻な表情を隠そうとしているようだった。

リムもユーリの思いつめた様子を察してはいたが、何も語らず黙り込んだまま魚の串焼きにかぶりついている。

「どうしたの？　ユーリ兄さん？」

「いや、なんでもないよ。……今日はこの後、武具屋と冒険者ギルドに行くって聞いているけど、それでいいのか？」

ユーリは話を逸らすように、セラムに今日の予定を再確認した。

「うん、一度行ってみたかったんだよ」

「そうか？　そんな楽しいもんじゃないと思うんだが」

「いいの。　僕が行きたかったんだから」

「まぁ……そうだな」

それからユーリ達は魚の串焼きを食べ終えると、街の地図を頼りに武具屋へ向かうのだった。

セラムはというと、さすがにユーリの心理状態までは理解できないのであろう。ラーナの頭を撫でたユーリの不可解な行動を目にして、子供ながらの無邪気さで首を傾げている。

屋台街から歩くこと十分。

武具屋はマトーゴラの商業地区内にあった。平屋建ての店の中に入ると、多種多様な形状をした武器や道具が陳列されていた。特に目を引くのは、バラエティに富んだ魔法関連の品物である。

「はぁ……すごいですね。ユーリ様」

「アレ？ ラーナも武具屋に来るのは初めてだっけ？」

「いえ……武具屋自体に足を運んだことは幾度もありますが、これほど見事な魔法用の道具を取り揃えている店は、クリムゾン王国の王都にすらないですよ」

「そうか、確かにそのようだな。リムの奴は仕事を忘れて一目散に魔導書のコーナーに行っちゃったしな」

「ふふ、そうですね。では、どうしましょう」

「そうだな、ラーナも魔法用の道具に興味があるだろ？」

「あぁ……えっと、それは……はい」

ラーナは、ユーリの問いかけに少し申し訳なさそうに答えた。

この街——マトーゴラは、魔法大国と言われるシャンゼリゼ王国の領内にある。

そのため、このように魔法用の道具には事欠かない。

現在、シャンゼリゼ王国の魔法技術は他国の追随を許さないほど飛躍的に進歩していた。それゆえに、一つの種類の魔導具を比べても、その性能にはおよそ十年分に及ぶ技術格差があると言われ

ていた。そんな理由もあって、魔法使いのラーナやリムにとっては、さぞかし魅力的だったに違いない。

「……じゃあ、セラムの買い物の面倒は俺が見るから。ラーナ達はじっくり店内を見て回るといい。俺は……これと言って欲しい武器とかもなさそうだし」

「そ……そうですか、すみません。では、お言葉に甘えて」

ラーナは気が咎めるのか、もう一度遠慮がちに頭を下げた。けれども、本心ではすごく気になっていたのだろう。ユーリの承認を得るや否や、魔導具が置かれている場所のほうへ小走りですっ飛んでいく。

（ふぅ……心配してくれるのは嬉しいんだが。どうせなら、そっとしておいてもらえたほうがありがたいんだけどな）

ユーリは心の中で小さく溜息を零す。それからラーナの背中を見送ると、待たせていたセラムに視線を移した。

「ユーリ兄さん、ユーリ兄さん！　こっちこっち！」

「おいおい……そんなに引っ張らなくても、俺は逃げないぞ」

ユーリは強引にセラムがお目当てとする場所に連れていかれた。そこは剣が多く並べられたコーナーだった。

セラムは目をキラキラ輝かせながら、棚に飾られた剣をうっとりと眺める。

「ふぁー……すごいすごい！」

「剣か……しかし、セラムならこの店で売られている剣くらい、望めばすぐにでも手に入れられるんじゃないのか？」

「うん。だけど僕が剣を欲しがっても、みんな『危ないから』と言って、なかなか買ってくれないんだよ」

「お偉いさんと言っても、いろいろ大変なんだな。それにしても、剣か……もしかしたら、俺は役に立たないかもしれないな」

「え？　どうして？」

「つまり、これまで俺は剣を自分で選んで買った経験がないんだ」

「……へ？　それはどういう？」

「うむ。俺が今持っている剣は、騎士学校への入学時に強制的に買わされた数打ちの剣だし。その前までは、誰かに借りていただけなんだよな」

「戦場とかでは、どうしていたの？」

「いやだから、敵の武器を借りてだな……」

ユーリが少し言いにくそうに答えると、セラムは感心した面持ちでコクリと呟いた。

「……な、なるほど。弘法筆を選ばず、というやつだね」

「ん？　なんだ？」

「いや、なんでもないよ。あ……これなんかどうだろう?」

「まあ、装飾はすごいけど……?」

セラムは目立つところに置いてあった一本の剣を指さした。

その一振りの剣をユーリが手に取る。そこでユーリはスキルの 【鑑定】 を使用した。

デルタシーソード

レベル　12

攻撃力　135

強度　29

特記　ー

鑑定結果を見たユーリは首を傾げながら、セラムに剣の性能を伝えていく。

「攻撃力は、まぁまぁなのかな?　ただ強度が弱すぎるように思えるけど……」

「えっ……そうなの?　見た目はすごくカッコいいのに」

「いや、一本だけじゃあ、強度の基準が分からないな。他のも鑑定してみないと……ちょっと、次の剣を」

ユーリは店主に別の剣を持ってくるように告げた。それから彼はセラムの剣を選ぶため、次々と

店内にある剣を鑑定していくのだった。

剣の鑑定を始めてからしばらく時間が経った後。

「ほぉ……いろんな剣があるんだな」

ふと棚に立てかけてあった一本の古びた剣に目が留まる。値段を見ると、随分な安物である。しかし、ユーリの鑑定眼に狂いはなかった。彼はその薄汚れた刀身を眺めながら手に取って掲げてみる。

「ん？　その剣がどうかしたの？　随分古そうだけど」

何やら満足げな笑みを浮かべているユーリの行動を不思議に思い、セラムが小首を傾げて問いかける。

「持ってみろよ」

ユーリは手にした剣をセラムに渡した。

ところが、セラムはユーリから剣を受け取った瞬間、驚きに目を見開いた。予想以上の重さに耐えきれず、彼は剣を床に落としてしまったのだ。

「わ⁉　なんで⁉」

剣は床に落ちると、甲高い音を鳴らす。

「な、すごいよな。この剣、どうやって作ったんだろうか？」

ユーリは首を傾げながら剣の【鑑定】を試みた。

ダスタークソード

レベル　79

攻撃力　6780

強度　19005

特記　耐腐食　耐熱　耐靭

鑑定結果として出てきた『ダスタークソード』という剣の性能は、店内にあるどの剣よりも高い攻撃力と強度を誇っていた。

ユーリも実際にその鑑定結果を目にして、思わず唸り声を上げる。

「ほぉ……ここまで飛びぬけた強度と攻撃力とは……この店で一番だな」

「ただ、こんな重い剣……どうやって使うの?」

「まぁ……」

セラムの疑問にユーリが答えようとした時だった。剣が落ちた音を聞きつけたのだろう。やたらとガタイのいいスキンヘッドの男が、だみ声を上げてやって来た。

「おいおい!　剣は大切に扱え!　品物なんだからな!　もしも、壊したりしたら買い取ってもら

うぞ！」

「それは悪かったな。じゃあ……この剣は、俺がいただくことにするかな」

ユーリは床に落ちた剣を軽々と拾い上げてスキンヘッドの男に見せた。

「おい、ガキ……その剣は……『重い剣』じゃ……？」

「なんだ、そんな名前なのか？」

「あぁ、そうだ。正式名『ダスタークソード』。俺ら武具屋の間では重い剣と言われている。強度は伝説級とはいえ……すごく重たいもんで、普通の人間には到底扱えるシロモノじゃないと、埃をかぶっていたんだが」

「伝説級……すごい」

ユーリとスキンヘッドの男とのやり取りを横で見ていたセラムが、感嘆の声を漏らした。

しかし、ユーリは何がすごいのか理解していないかのように首を捻る。

「確かに、他の剣と比べたらすごそうだったけど……」

「なんでお前は、その剣をそんなに軽々と持てるんだ？」

「あぁ。確かに普通の剣よりは重いな。けど、扱えないレベルじゃないよ。それなりに俺は鍛えているからな」

「マジで言ってんのか？　鍛えてどうにかなるレベルの問題じゃないだろう。俺がその剣をそこに配置するのでさえ、十人の大人達の協力を得て、やっと置けたってのに……」

「じゃ……試してみようか」

ユーリは剣を握ったまま、スタスタと広いスペースに移動した。

「おい、何を……」

「……はっ！」

ユーリは剣を鞘から抜いてゆっくりと構えた。

そして、重さなど微塵も感じさせないほどに造作もなく剣を振るい、幾つかの剣の型を示して見せた。

目の前で披露された鮮やかな剣舞のごとき動きに、スキンヘッドの男は驚愕の表情を隠せない。

いつの間にか後ずさっていた背中が武具の棚に触れて、彼はようやく我に返る。

「いったい……てめえは……」

驚愕しているスキンヘッドの男にユーリは剣を鞘に仕舞って視線を向ける。

「この剣には飛び抜けた鋭さはないが、何より強度が高いのがいい。アンリエッタとの闘いで武器が簡単に潰れて困ってたんだ。これなら多少の無理をしても剣が欠けることはないだろう……うん、武器を交換する手間が省けるな……ところで、アンタは店員だろ？　この剣を買うことにする」

「プ……ハハ！　これは、おったまげた！　すげぇな！」

「ど、どうした？　大丈夫か？」

「ハハ、大丈夫だ。その剣ならお前にくれてやる。どうせ、まともに使える人間なんかいないん

だ！　それに、ここで埃をかぶらせているよりもいいだろう？」

「いいのか？　なんか悪いな」

「いいってことよ。久しぶりに凄腕の剣士の太刀筋ってやつを拝ませてもらったからな」

二人が話していると、ユーリの手にした剣にセラムが恐る恐るちょんちょんと触れながら口を開いた。

「あの……この剣はどうやって作られたの？　こんなに硬すぎたら加工できないでしょ？」

「その剣は、今の鍛冶師の技術では鋳造できんシロモノでな。ケイル砂という材料を用いて、高火力で焼き固めて作るんだ。ただ、その製造法だと刃を磨くことが出来ない。かといって、強度が高すぎるから新たに別の刃を付ける加工も不可能だ。だから、その剣の切っ先は丸まっているんだ。

それでも攻撃力が高いのは、その剣の並外れた重量がなせるワザなんだろうな」

「へぇー、そんな技術が……」

セラムは口元に手を当てて、スキンヘッドの男の話を興味深そうに聞いていた。どうやら伝説級と言われる強度の金属を、何かの役に立てられないか思案しているようだ。

「まぁ……仮に作れたとしても、その剣を使える者は滅多にいるもんじゃない。つまり、売れない剣を作る意味もないから、とうの昔に廃れてしまった技術だな」

「それは残念……」

それから彼らは武具屋に一時間ほど滞在し、それぞれの買い物を済ませると店を後にした。

武具屋を出ると、リムとラーナはトイレへ行きたいと言い出した。

ユーリとセラムは二人の帰りを街の広場にあったベンチに座って待っていた。

それで……ラーナ達が戻って来たら、次は冒険者ギルドに行きたいんだっけか……ん？」

ユーリは何らかの異変を感じ取ったのか、周囲をぐるりと見回して足元に荷物を置く。そして、

その場に座り込んで地面に耳を押し当てた。

そのユーリの奇妙な行動を見てセラムは首を傾げる。

「どうしたの？ ユーリ兄さん？」

「……今、微かに地面が揺れた気がしたんだが」

「そう？ 僕には何も感じられなかったけど……」

「いや、すまん。俺の気のせいだったかもしれない」

ユーリは首を傾げつつ、衣服に付いた土を払いながら立ち上がった。それからポケットに仕舞い

込んでいた街の地図を取り出してセラムに質問する。

「それで話を戻すが、何で冒険者ギルドなんて、あんなむさ苦しい場所に行きたいんだ？」

「それはね……『三人の英雄』が実際に訪れたと言われるギルドだから」

「『三人の英雄』のこと好きだねー」

「なんせ、カッコいい英雄様だからー……憧れなんだよ」

「……そうかい」

ユーリとセラムがそんな会話をしていると、ラーナとリムがトイレを終えて帰って来た。

「すみません。お待たせしました」

「ごめんね。待たせたね」

「じゃ、次に行くのは冒険者ギルドだそうだ。早く行こうか」

ユーリは足早に冒険者ギルドへと足を向ける。セラム、ラーナ、リムがその後に続いた。

「でっかいな……」

ユーリの口から思わず感嘆の溜息が零れた。それは無理もなかった。マトーゴラの冒険者ギルドは、クリムゾン王国の本部ギルドの二倍はある。例えるなら、日本の東京ドームと同じくらいといったところか。ユーリ達はその巨大な建造物の前に立ち、開放された扉からギルドへ入っていく。

「はぁ、すごい屈強な人達ばかり」

「圧倒されてしまいますね」

「強そうな魔法使いが何人もいるよ」

セラム、ラーナ、リムが口々に率直な感想を漏らした。

広々としたギルドの内部は、いかにも歴戦の猛者らしい冒険者達で賑わっている。

「冒険者ギルドとは思えないほど綺麗にしているし、内装は質素な作りではあるが……歴史を感じ

る落ち着いた雰囲気だな。ここは歴史的な建物なんだろう?」

ギルド内を見回してしたユーリは背後を振り返ると、セラムに確認するように尋ねた。

「うん、そうなんだよ。やっぱり雰囲気があるなぁ……」

「けど、一般人は入口からこの辺のフロアまでしか立ち入れないみたいだな。もっと、中のほうを

よく見物させてもらいたかったが……」

——と、その時だった。

緊迫した様子の数人の冒険者がギルド内に駆け込んで来たのだ。彼らに気づいたユーリはすぐさ

ま三人に目配せをして冒険者達の後を追う。血相を変えて走っていく冒険者達は、ギルドの職員数

名に何かを伝えるとギルドの奥へ消えていった。

「なんだか、いきなりギルドの空気が変わったな」

ユーリはポツリと呟いた。

俄かに異変を感じ取ったユーリ達は、しばらくその場にとどまっていた。

そこへギルド職員の女性が慌てた様子で奥から現れて大声を上げた。

「緊急クエストです!　北西十五キロの地点にサンドアンベシル・タートルが出現!　速度自体は

遅いようですがマトーゴラの街へ向かって、まっすぐ移動して来ているそうです!!」

女性職員の声を聞いた冒険者達は急にざわめきだした。

「サンドアンベシル・タートルだと!? それは『三人の英雄』の物語に出てくる化け物の名前じゃないか!」

「……まさか、記述通りの大きさではないだろうな」

「山を丸ごと食った魔物……」

「……いくらなんでも、お前、それはお伽話の話だろう?」

ユーリはそんな冒険者達の慌てた様子を見て、急に興味を失ったように頭を掻きながら言った。

「はぁ……なんだ、魔物か。ここは他国だし、俺達には関係ない。厄介事に巻き込まれるのも面倒だし。さっさと、この場から逃げて船に……」

「ふふ、私達『銀の薔薇』のパーティーがこの街に滞在していたことを感謝するがいい! 必ずや私達がサンドアンベシル・タートルを打ち取って『三人の英雄』の伝説を引き継ぐ。そして、新たな英雄として歴史に名を刻むことになるだろう。英雄……その称号は私達にこそ相応しい!」

ユーリの言葉の途中で、煌びやかな防具を身に纏った冒険者の男が高々と宣言した。まるで伝説の物語から飛び出してきたような大剣を背に携えている。

その言葉を耳にしたユーリの表情が固まった。

(アレ? 俺は街が巨大な魔物に襲われそうだというのに、まず逃げることを考えた)

ユーリは俯いてぶつぶつと自問自答している。

(……そんな俺が魔王と対決して世界を救うだと? ここで英雄の真似事も出来ない俺が? ハ

ハ……片腹痛いな。そんなのダブルスタンダードも良いところだろ。そもそも俺が世界を救おうとするのはなぜだ？　名誉や名声が欲しいから？　違う。英雄になりたかったから？　絶対に違う。……俺は大切な人と一緒にいたいからだ。それなら愛している桜に手を差し伸べない理由はないんだ？　なんで師匠を殺してまで世界を救うのか？）

ラーナとリムはユーリの状態がおかしいことに気づいて「大丈夫？」と問いかけた。だが、その言葉は今の彼の耳には届いていないようだった。

そうこうするうち、ギルド職員の女性が持参した用紙を中央ロビーのクエストボードに貼り付けた。

「B級以上の冒険者を招集します！　今から十五分後、ギルド前に馬車を用意するので、そちらへお集まりください！」

しばらくの間、冒険者ギルドの中央ロビーは騒然としていた。

サンドアンベシル・タートルの討伐に参加する冒険者達が出立すると、ようやく中央ロビーは静かになった。現在、残っているのはユーリ達と数人の冒険者だけである。

そんな中、ユーリは小さく自嘲ぎみに笑った。

「クハハハハ……そうだ。そうだよ。俺は英雄になんかまったく興味がない。そう、まったく興味ないんだよ」

ユーリの様子が心配になったのだろう、ラーナとリムが彼の顔を覗き込んだ。

「ユーリ様、大丈夫ですか?」

「ユーリ?　大丈夫?」

ラーナとリムの問いかけには答えず、ユーリは天井を見上げた。

「俺は英雄にはならない!　俺はただ大切なものを失わないためなら魔王だろうが、王国だろうが、世界だろうが、どんな脅威が来たとしても乗り越えてやる!　命を懸けてやってやる!　なんにでもなってやる!　そうさ、それこそ大悪党にだってなってやる!　ご都合主義だって?　ふん、上等だ!　俺が不都合な運命をこの手で変えてやる!」

ユーリは不敵な笑みを浮かべながら、中央ロビー一帯に轟く大声を上げた。それと同時に、彼の体から異質な空気が迸る。殺気とも異なった圧倒的なパワーだ。

彼の近くにいた者達はそのオーラをまともに浴び、ギルドの職員をはじめ、中央ロビーに居残った熟練の冒険者達の意識を次々と刈り取っていく。

バタバタと冒険者達が倒れていく中、そこらの冒険者よりは強者であるはずのラーナやリムですらも苦しげに顔を歪めている。

「ユ、ユーリ……だ……?」

「リム……」

途切れ途切れの声でリムがユーリに問いかけようとした時、彼女の言葉をラーナが首を横に振っ

て制した。

数分後、ようやくユーリが発した凄まじい空気が収まった。

「ふう……」

ユーリはどこか吹っ切れた表情で息を吐くと、ラーナやリムに視線を移して謝った。

「心配かけて悪かった。さて、帰ろうか」

「……はい。ユーリ様」

「はぁー。なんだ、よかった……いつものユーリだ」

ラーナとリムは胸を撫で下ろし、ユーリの後について行く。

だが、ユーリはふと何かを思い出したように立ち止まった。

「……そういえば、セラムの姿が見えないけど、トイレにでも行ったのか?」

ユーリの問いに、ラーナとリムが周りを見回して首を傾げた。

「……ん?」

「……アレ?」

「……」

「……」

ユーリが振り向いて、三人は顔を見合わせて押し黙った。

50

「……」

「……ラーナ、セラムの行方を音魔法で追えないか?」

「う、うん。やってみる。【サウンドサーチ】」

ユーリの指示でラーナはすぐさま目を閉じて音魔法の【サウンドサーチ】を発動した。

「……み、見つけました」

およそ三十分後、ラーナは目を開いて探索結果を報告する。ただ、なんとなくラーナの表情が暗いようだった。

「ラーナにしては珍しく時間が掛かったな。それで、セラムはどこら辺にいる?」

ユーリの問いかけに、ラーナはとある方向を指さした。

「街の外に出てしまったようです。距離は十五キロくらいでしょうか。方角は……あっち、北西方向」

「へ? 街の外? 北西十五キロ? なんで街の外から離れて? しかも十五キロも離れたところに? 馬車でも使わないと……アレ? 北西十五キロって」

「その方角と距離には聞き覚えが……」

リムとユーリは表情を暗くして口元に手を置いた。

「……」

「……」

「……」

彼らは再びお互いに視線を交わしつつ押し黙った。そして、その沈黙を破ったのはユーリだった。

「あぁ……緊急事態だな」

ユーリは一回言葉を切ると頭を掻きながら続けた。

「この街から北西十五キロの地点にサンドアンベシル・タートルが出現だったか。セラムはサンドアンベシル・タートルの討伐に参加する冒険者達の一団に紛れて行った可能性が高いということか……仕方ない、俺がかっ飛ばして捕まえてこよう」

ユーリに対して、ラーナがすごく言いにくそうに口を開く。

「それが……ちょっと気になることが……」

「……なんだ?」

「音が弱いのです」

「ん? 音が弱い?」

「はい。時間が掛かったのもそれが原因です。例えるなら何かに遮られているようなラーナの言葉を聞いたユーリは頭を抱えた。ラーナも思い当たる節があったのだろう、同じように暗い顔で俯く。

「……」

52

「……」

「ん？　どういうこと？」

リムは二人の反応の意味が理解できないらしく首を捻っている。

ユーリは事実を認めるのも億劫だったが致し方なく説明した。

「今、この街を襲おうとしているサンドアンベシル・タートルは『三人の英雄』の冒険譚に登場する。物語の記述によれば、魔物は山をも食らうほど巨大だったそうだ。ラーナの音魔法を阻害する存在があるとしたら、その怪物以外にあり得ない。つまり、セラムは奴に食われた可能性があるということだ」

「……」

リムは驚きに目を見開いた。　再び憂鬱な沈黙が辺りを支配する。

有効な解決策を見出せぬまま、時間ばかりが刻一刻と過ぎていく。

──どうにか安全な方法でセラムを救い出す方法はないものか。

三人が必死に思考を巡らし頭を悩ませていると、ユーリが髪を掻きむしりながら口を開いた。

「あぁ……面倒臭い。　面倒臭いが……」

「力ずくでも連れ帰る、しかないですね。ユーリ様がクリムゾン王国を敵に回して大悪党になるのだとしても、さすがに今ではないですよね？」

ユーリの言葉を遮り、ラーナがユーリの隣に進み出て確認する。

リムもラーナに同意して頷いた。

「そうだね。連れ帰るなら……私達に残された時間は、あと半時ばかりかな？　それを超えると、私達だけでなくノア様の責任問題になっちゃうかもしれない」

「うむ……俺達だけでは済まないだろうな。あ……そうだ！　どうせならいっそ、セラムが街の危機に精鋭の騎士を率いて立ち上がったって感じの筋書きにするか。そしたら、セラムに功績を作れるし、俺達の首の皮もつながるかもしれん」

「それが落としどころでしょうね。全員に利があります。でも、それを実現させるには私達がサンドアンベシル・タートルを討伐するか、撃退してセラム様を助け出さないといけないのですが」

「ハハ、私達なら出来るでしょ？」

「……やるしかないだろ」

ユーリは戦いの前の準備運動とばかりに首をコキコキと鳴らした。

その時、ギルドの奥にある部屋の扉が開き、体をくねくねさせた男が出てきた。

「うふ、やっぱり、さっきのあの気配は貴方だったのねぇ」

「うげ……なんで、あんたがここにいるんだよ」

ユーリは見覚えのある屈強な肉体の男に視線を向け、不快そうに顔を歪めた。

「誰ですか？」

「だ、誰？」

54

ラーナとリムは男と面識がなかったらしく戸惑った表情を浮かべた。

「あぁ。こいつはクリムゾン王国の王都にある冒険者ギルドのギルドマスター、ルンデルだ」

「な……なんで」

「そんな方がここにいらっしゃるのです?」

ユーリの説明を聞いたラーナとリムが困惑した表情でユーリとルンデルを交互に見る。

「あんたは何してるんだ? こんなところで」

「うもー。ボクったら、相変わらずつれないわね。私も四カ国平和サミットに参加するために貴方達と同じ船に乗っていたのよぉ? それで停泊地であるマトーゴラの冒険者ギルドに少しだけ立ち寄っていた訳」

ユーリの質問にルンデルは体をいっそうくねくねさせて答えた。

「あっそ。じゃあ、お前の見解を聞かせろよ。今さっき、出立した冒険者達でサンドアンベシル・タートルの討伐は可能だと思うか?」

「それは無理じゃないかしら?」

「即答かよ……それで、その心は?」

「出立したのは、このマトーゴラの冒険者ギルドの全勢力に当たるS級冒険者のパーティーが一つ、A級冒険者のパーティーが一つ、B級冒険者のパーティーが三つ。A級の魔物なら訳もないんだけど。サンドアンベシル・タートルは、レジェンド級の魔物だからねぇ。きっと……」

「ダメだと分かっていて……なんで出立させたんだ？」

ユーリはルンデルを鋭い目つきで睨みつけた。

「いや、私は止めたのよぉ。ここのギルドマスターは指令書を出したら、さっさと金持って逃げ出しちゃったみたいなのぉ。そのギルドマスターとしては足止めくらいにでもなればと思ったんじゃないかしら」

「お前がわざと逃がしたんじゃないのか？」

「もう鋭いわねぇ……」

ルンデルはユーリの瞳を覗き込んで目を細める。

その時、ルンデルの背後から足音が聞こえてきた。

「ギルドマスターは私がわざと逃がしたんだ。ルンデルを責めないでやってくれ」

言葉を発したのは、青色の瞳をした黒髪の初老の男だった。

「誰？」

「私は、ラド。このギルドで昔、副ギルドマスターをしていた者だ。君がルンデルの話していたユーリ君だね？　彼から聞いていた通り、幼さが残る外見とは反対に圧倒的な力を感じるよ。ここに倒れている人達は、さっき君が発した威圧にあてられたんだろ？」

「……そうだが。その前に……おい、ルンデル、俺の存在は内密にという約束だったろ？」

ユーリはルンデルを責めるような口調で言った。

「うふふ、ボクの威圧が私とラドのいた会議室に届いたから、軽く説明したまでよ」

ルンデルは悪びれずに妖艶な（？）笑みを浮かべた。疑問に感じるところはあるが、この男と会話をしていても埒が明かないと悟り、ユーリはラドに別の質問を投げかける。

「……それで、俺に何の用だ？」

「うん。実は私は君に依頼したいんだ。サンドアンベシル・タートルの討伐を」

「それは、いったい……どういう意図で？」

「全部話すと長くなるから掻い摘んで説明するとね。なんというか、マトーゴラの冒険者ギルドのギルドマスターは金遣いの荒い奴で、これまでギルドの金を横領していたんだ。組織の運営が傾くほどに。それを訴えようとした時に、私は汚名を着せられて閑職に追いやられた。そこで今回の件でギルド自体が崩壊するにしてもギルドマスターを失脚させて、このギルドを再建したいんだ」

「……なるほど、だから俺達に依頼を出したいという訳か」

「そう、私は昔副ギルドマスターではあったものの、汚名を着せられてしまったのは事実。だから名誉を挽回するためにも、君達に私が依頼を出した証拠を残したい。褒賞金は規定の倍は支払おう。ただ、君達はあまり名誉に興味がないと聞いた。もし、依頼を達成してくれたら、街へ流す情報も君達の望むようにいろいろ操作するよ」

「ハハ……そりゃあいい。訳あって今からサンドアンベシル・タートルの討伐に行こうと思ってい

「そうなのかい？　じゃあ、是非とも頼むよ。装備や食料は倉庫にある物なら好きに持っていって
くれ。私はこれから街を統治するゴトナー伯爵様の館へ、サンドアンベシル・タートルの出現の報
告をしに行かなくてはならないんだ」

ラドはそう言い残すと、足早にギルドを出て行った。

ユーリはルンデルのほうへ視線を向けた。

「それでルンデル。お前はノア様に『あの方とはぐれたから時間を稼いでくれ』と伝えてくれ。必
ず連れ帰るからと」

「うーん？　どういうことぉ？」

「それだけ言ってもらえたら伝わるから」

「ならいいわぁ」

ルンデルの了解を得ると、ユーリは傍で静かに話を聞いていたラーナとリムに声をかけた。

「じゃあ、ラーナにリム、魔物の討伐へ出発しようか。あまり時間がないかもしれん」

「はい。私はついていきますよ」

「もちろん、ユーリの隣は私の居場所だからね」

ユーリはラーナとリムの返事を聞いて準備を整えると、彼らと連れ立って冒険者ギルドを後にす
るのだった。

58

冒険者ギルドを出発してしばらくの後。

ユーリ、ラーナ、リムの三人は無魔法の【ブランク】を使用しつつ、セラムの位置を把握している。

ラーナが示す方角へ向かうと、サンドアンベシル・タートルのもとに辿り着いた。

「でっけー、本当に山が動いているよ」

こうして近くで目の当たりにすると、この魔物が別名『山食い』と呼ばれているのがよく理解できた。まさにそれは、山を食らい、山のようにでかく、硬い甲羅を持っている亀の化け物だった。本当に山が動いているようにしか見えない。

ユーリ達の視点からは、サンドアンベシル・タートルの全容を捉えることは出来なかった。

ラーナもユーリ同様に、その大きさに圧倒されている。

「すごいですね。なんだか実感が湧きません」

不意にリムが、動く山の中腹を指さした。

「山に見えるけど、やっぱり魔物のようだね。中心辺りに魔石があるよ」

リムは『アズライトの瞳』という魔力の流れを見ることが出来る瞳を持っている。つまり、大量の魔力が蓄積されている魔石の場所が分かるのだ。

「しかし、あのサンドアンベシル・タートルと戦うことになるとは……話を聞く限りだと面倒なんだよな。念のため外からの攻撃が効くか試してみようか。ちょっと離れてくれる?」

「中に人がいるから手加減……してもしなくても変わらないかもしれませんね」

「多分、意味ないね。背中の甲羅に生えてる草木が燃えるくらいじゃないかな?」

ラーナとリムは一歩だけユーリから離れて言った。

「まぁ……とりあえず。【ファイヤーレイン】」

ユーリは火魔法の【ファイヤーレイン】を唱えてパンッと両手を合わせると、頭上に六つの巨大な火の塊を出現させた。その六つの火の塊は、サンドアンベシル・タートルの真上にまで素早く飛翔していく。次の瞬間、火の塊は細分化され、まるで雨のようにサンドアンベシル・タートルに降り注いだ。一見派手に燃えているようだが、魔物本体にダメージはなさそうだ。

ユーリが渋い表情で口を開く。

「この規模の魔法が役に立たないとなると本当に厄介だな」

「すごい燃えてますね。けど、効いているように見えません」

「うん。でも……もう少し燃え広がったら、少しは効果が表れるかも……?」

ラーナとリムがユーリに近寄って、魔法の効果について意見してくる。

「まぁ……予想通りだったが。やっぱり『三人の英雄』と同じ方法じゃないと駄目かな」

「彼らはどうやってこの魔物と戦ったの?」

『三人の英雄』の冒険譚に登場するサンドアンベシル・タートルについて、その詳しい討伐の経緯を知らないリムが首を傾げてユーリに問いかけた。

「あぁ……こいつとの戦いは……いや、そもそも魔物との戦いというカテゴリーに含まれるか疑問だが、その倒し方はまず頭部に攻撃を当てて口を開かせる。そして、体の中に侵入して魔物の核である魔石を破壊するんだ」

「なんだ、すぐに済みそうじゃん」

「ハハ……それはどうかな」

「え？　何かあるの？」

「まぁ……俺も見た訳じゃないから。とりあえず、口から体内に入ろうか」

ユーリは頬を掻きながら、サンドアンベシル・タートルの頭部に向かって走り出す。

その後をラーナとリムがついていった。

「本当にでっかいな」

「そうですね。私達にも気づいていないようです」

「何食べたらこんなに大きくなるんだろうね」

ユーリ、ラーナ、リムの三人は、サンドアンベシル・タートルの顔が眺められる丘の上に立っていた。

「……さて、それぞれの最大の遠距離攻撃魔法で魔物の口を開けてもらいますか。口が開いたら俺が時空間魔法で飛ぶから、二人は俺の手を握ってくれ。分かった？」

「はい。遠距離攻撃魔法ですね……じゃ聖具を使います」

遠距離攻撃と聞いたラーナが自身の聖具であるオリオンの弓を出そうとした。すると、リムが顔を顰めて突っかかる。

「うわ……ズルい」

「ズルくありません」

「じゃ卑怯?」

「卑怯でもありません!」

ラーナとリムが口喧嘩を始めそうだったので、ユーリが気を静めようと二人の肩に手を置いた。

「ハハ……喧嘩はそこまでにしてね。今日はすごく忙しいんだからさ」

「……分かりました」

「ふん、分かったよ」

ユーリが仲裁に入ったものの、険悪なラーナとリムは互いにそっぽを向いてしまった。

「ハハ……じゃ、さっさとやろうか?」

ユーリは左手を掲げて魔力を集中する。

「この魔法は強烈だぞ……さて、どのくらいデカく出来るかな? 【マグマボム】」

ユーリの頭上に土魔法と火魔法によって生み出されたエネルギー体が現れた。それは土と火の龍が、互いにとぐろを巻いて絡まり合い、徐々に混ざり合って一つになっていくようだった。凄まじ

く強烈な熱量である。

やがて、その巨大な一匹の龍は三十メートルを超えるマグマの塊に転じた。ユーリは更にそれに重力魔法を加えて圧縮し、五メートル前後のマグマの塊へと作り変えた。そのマグマの塊はもはや小さな太陽のようだった。

「ユ、ユーリ様……その魔法はやりすぎでは？」

「すごい……」

マグマの塊が眩しそうにしているラーナとリムだが、ユーリの圧倒的な魔法を前にして驚嘆している。

「え？ やりすぎかな？ じゃ……ラーナとリムの魔法はいいから、ちょっとそこで見てて」

ユーリが生み出したマグマの塊は、フワフワとサンドアンベシル・タートルの頭部に向かって飛んで行った。

「くらえ……バン！」

ユーリの合図と共にマグマの塊が超新星のごとく大爆発を起こした。

さしものサンドアンベシル・タートルも、周囲一帯を吹き飛ばすほどの衝撃を受けて叫び声を上げた。

「ギャアァァァァァァァァァァァァァァァァァァァ!!」

【マグマボム】の衝撃波は、少し離れた丘にいたユーリ達にも届いた。嵐のような空気振動に耐え

ながら、ユーリがボソッと呟く。

「……ちょっと、やりすぎたな……」

「やりすぎですね」

「ヤバいね。ほんと、ヤバいね」

ユーリの呟きに、ラーナとリムが肯定するように頷く。

「ま、まぁ……結果的には口が開いたし、いいよね。ラーナ、リム、行くよ【ショートワープ】」

こうしてユーリ達は時空間魔法の【ショートワープ】を使って、サンドアンベシル・タートルの口から体内に侵入したのだった。

魔物の体内は暗く、周囲の様子がよく視認できなかった。

そこでリムは無魔法の【ライト】を唱えて辺りを明るく照らし出した。

「何これ？ 森？」

リムがユーリに尋ねた。

「そう。サンドアンベシル・タートルは山ごと食らうと言われる魔物……体内には、ゆっくりと消化を待つ山や森があるらしい。『三人の英雄』の冒険譚に記述されていた通りだ。まぁ……一番面倒なことは他にあるんだけどな。そんなことよりも、まずはセラムを探しに行こうか。ラーナ、セラムの位置を教えてくれ」

「分かりました。……【サウンドサーチ】」

ラーナは目を瞑って、音魔法の【サウンドサーチ】を唱えた。周囲の雑音の中からセラムの心音を聞き取っていく。

「死んだりしていたら、困るな」

「大丈夫です。生きてます。こっちです」

ユーリの軽口に、ラーナが答えた。

「じゃ行こうか」

「そんなに遠くではないようです」

ラーナの案内に従い、ユーリとリムは魔物の体内を進んでいくのだった。

探索開始から一時間後──。

森を抜けると草原が現れた。

「近いです……」

セラムの行方を音魔法で探索していたラーナが口を開き、前方を指さした。彼女が示す先には、目を疑うようなものがあった。

「は？」

「なんで？」

66

ユーリとリムは素っ頓狂な声を上げた。

なんと目の前に人間が暮らす集落が存在していたのである。

似合いなその場所には、アフリカの狩猟民族を彷彿させる動物の皮を剥いで作ったようなテントが幾つも並んでいた。集落の至るところから煙が上がっているので、人が住んでいるのは間違いないだろう。

ユーリ達は警戒しながらも集落に近づいていく。

「ユーリ兄さん！　やっぱり来てくれたんだね！」

ユーリ達が集落に入ろうとした時、彼らの姿を目にしたセラムが半べそをかきながら駆け寄って来た。

「馬鹿野郎！　面倒かけやがって！」

「痛！」

ユーリはセラムの頭に容赦なく拳骨を落とした。ユーリの拳骨が痛かったのか、セラムはその場にしゃがみ込み頭を押さえて泣き出してしまう。

「ほんと、いい加減にしろよ!!　お前は何を考えているんだ！　なんで、こんなところに来たんだ!?」

「ヒグ……ヒグ……馬車に便乗して……魔物を討伐するところを見たかったんだ……そしたら、いきなりサンドアンベシル・タートルは僕らをまる呑みしてきて……」

ユーリは大きく溜息を吐くと、セラムの服に付いた埃を払ってやる。

「はぁ……馬鹿が……ケガはないか？」

「ううう……ごめんなさい」

セラムはユーリに抱き着いてワンワンと声を上げて泣き出した。その様子は肩肘を張った王族の子弟の姿ではなかった。

「ふふ、王子様とはいえ、まだ、子供ですからね」

「無事でよかったよ」

ラーナとリムは微笑みながら、ユーリとセラムの姿を眺めていた。

ユーリ達がセラムとの再会の喜びを分かち合っていると、集落の長らしき男性が松明を片手に現れた。

「迎えが来たようじゃな」

「すみません。私はユーリと申す者です」

「ほほ……若いのにしっかりしていらっしゃるようじゃ。儂はクーエン。ここの長をしておる」

クーエンは白髪の青色の瞳を持つ五十歳前後の男性だった。

温和な初老の男性に見えるが、立ち振る舞いと気配から相当な鍛錬を積んだ者であることがユーリには分かった。

68

「セラムを匿ってくれていたようで。ありがとうございます」

ユーリはクーエンに頭を下げて礼を言った。

「いやいや、儂らが来る者を拒まないだけじゃよ」

クーエンはユーリを見ながら目を細めた。どうやら、クーエンはユーリに対して密かにスキルの

【鑑定】を使ったようだ。

ユーリの左眉がピクリと小さく動いた。ステータスを読み取られるのを察し、ユーリは自分の手をクーエンの前に突き出す。

「俺を試してるんですか？　【鑑定】は強者に使っても感づかれるだけですよ。クーエンさん」

「ほほ、すまん、すまん。虎の尾を踏むつもりはなかったんじゃ。こんなところで暮らすことを余儀なくされておると、最低限の防衛手段が必要でな」

「まぁ……そうでしょうね。さすがに驚きましたよ……しかし、これほどの過酷な環境でよく生き残れましたね」

「うむ、過酷じゃな。しかし皆を連れて、ここから出るのも困難での……。なんせ、ここに住んでいる多くの人間は村ごとサンドアンベシル・タートルに呑み込まれた一般人じゃからな」

「なるほど……」

「……して、聞きたいのじゃが。お主達はこれからどうするのじゃ？」

「実は、このサンドアンベシル・タートルを討伐する依頼を受けていましてね」

「むぅ、お主も……」

クーエンはユーリの答えを聞いて、ゆっくり目を閉じる。

「どうしましたか?」

「お主が強いことは分かる。だが、止しておくのが身のためじゃ。無謀じゃよ」

『三人の英雄』の冒険譚は読んで、サンドアンベシル・タートルのことも、ここがどんな場所か

も理解していますから……まぁ、大丈夫ですよ」

「そうかのぉ。忠告はしたからの」

「お気遣いありがとうございます」

ユーリはクーエンに頰を掻きながら答えた。

するとクーエンは一度頷いて、集落に戻っていった。

「さて、魔物を倒しに行くのはよいとして……セラムはどうするか?」

クーエンが立ち去った後、ユーリはラーナとリムに意見を求めた。

「……危険かもしれません。ここで引き続き匿ってもらうというのはどうでしょう?」

「うん。私もそれがいいと思う」

ラーナの提案をリムが肯定する。

「んー、危険なのは確かだが……ここは魔物の腹の中だ。何時、どんな不測の事態に襲われるか分

かったものじゃない。むしろ、一番安全なのは、俺の手が届く範囲内だろ？」

「……言われてみればユーリ様の仰る通りですね。この状況がどう変化するか分かりませんし」

「まぁ……そうだね。でも……」

俺の意見を聞いたラーナとリムは、そっとセラムの顔色を窺った。

「セラムは足手まといだから、大人しくついてくるんだ。もうこれ以上問題は起こさないでくれよ」

「……うぐ……僕だって」

セラムが何か言いたそうに口元を動かしたが、ユーリはジッとセラムに視線を向けて彼の言葉を制した。

そして、ユーリは持参していたリュックを背負い直すと、ラーナ、リム、セラムの順に視線を移しながら言った。

「じゃ……行こうか。早くしないとサンドアンベシル・タートルにマトーゴラの街が潰されてしまう」

集落を離れて数分ほどが経った頃だった。

ユーリは、前方に現れたオークの群れを水魔法の【ウォーターブレット】を連発して吹き飛ばし

【ウォーターブレット】

ていた。

「なんで、魔物の中に魔物が……」

『三人の英雄』の冒険譚を読んでいなかったリムが、大量に湧いてくる魔物達を見て呟いた。

「だから、ここは面倒臭いの」

「あ……そうか」

「そういうこと。まさか、この環境で人間が集落を形成しているとは意外だったが……おそらく、あの集落の長であるクーエンの力のおかげだろうな」

リムの疑問にユーリは攻撃の手を休めぬまま答えた。

「あの人、そんなにすごい人だったの？」

「あぁ。クリストに少し劣るくらいかな？　そうだ。ラーナとリムは魔法でセラムを守りつつ、適当にオークを駆逐しといてよ」

「ユーリ様、どうされたのですか？」

「ん、いいけど……」

突然のユーリの申し出に、ラーナとリムは戸惑いの声を上げた。

「……俺はコイツがどれだけ使えるか試すから」

ユーリは一振りの剣を鞘から引き抜いた。その剣は、先ほどマトーゴラの武具屋で譲ってもらった重い剣と呼ばれていたダスタークソードであった。

剣を構えると、すぐさまオークの群れの中へ飛び込んでいく。目標は中央にいる一際図体のデカいジェネラルオークだろう。

ユーリはオーク達が密集する僅かな隙間を容易に掻い潜って、ジェネラルオークに切りかかった。

「お前が頭だろ？」

「ブゴゴオオ！」

ユーリの剣をジェネラルオークの手に持った巨大な槍で巧みに回避する。

「ほぉ……デカい図体にしては機敏だな」

「ブゴゴゴゴゴゴゴオオ!?」

「ただ――」

ユーリとジェネラルオークの数度の打ち合いののち、ユーリの剣がジェネラルオークの槍をギリギリと押し返していく。

そして、ユーリの剣はジェネラルオークの槍をあっけなくへし折り、そのままジェネラルオークの肩から胴体を真っ二つに裂袈斬（けさぎ）りにした。

「この剣の威力を試したくて、接近戦を挑んでみたが……あまり、歯ごたえがないな」

ユーリはダスタークソードの刀身に目をやって独（ひと）りごちる。ただ、のんびり剣の考察をしている暇はなかった。

人間ならば集団のトップがいとも容易く屠（ほふ）られたら戦意を喪失して混乱をきたすところだろう。

けれども、魔物との集団戦においてそれはない。むしろ、彼らは逆に奮起してユーリに槍を突き立てようと殺到してくる。

「「ブゴオオオ!!」」

「おっと、あぶないね……」

ユーリはオーク達の槍が自分の体に届く前に上方へジャンプした。

「ブウゴ!」

「ブゴ!」

「ブッゴ!」

「ブゴ!」

ユーリはオーク達の顔面を足場にして、ピョンピョン飛び跳ねるようにラーナとリムのいる場所へ戻る。

「ただいま」

「お帰り、どうだった? 新しい剣の調子は?」

「うーん……敵が弱すぎて、ちょっと、よく分からん」

ユーリは剣を鞘に仕舞いながらリムに答える。

「ふふ、そうか。それは仕方ないね」

「さっさとオーク達を片付けて先に進もう【ロックスピア改】」

ユーリは魔物の一団に狙いを定めて魔法を唱えた。すると、周囲から岩が浮かび上がり、ユーリの頭上に集まっていく。その岩は形を変えていき、幾千もの岩の槍となった。次いでユーリの手が前に突き出されるのと同時に、魔物達に岩の槍が降り注ぐ。岩の槍はドッドッドッという轟音を響かせながら、オーク達の肉体を切り裂き串刺しにしていった。

「フゥ。こんなもんかな」

ユーリは自身の放った魔法を眺めながら息を吐いた。

「…………」

ラーナとセラムは、目の前の惨憺（さんたん）たる有り様を眺めながらドン引きしていた。オーク達はユーリの魔法によって、あまりにも可哀想な状態に成り果てている。

「うわ……えぐい魔法だね」

リムが表情を歪めてポツリと呟いた。

ユーリはリム達の様子を気にすることなく足早にジェネラルオークに近寄った。次に胸の辺りを切り裂いて血塗（ちまみ）れの魔石を抜き取ると、懐（ふところ）から取り出した乾いた布で汚れを拭き取る。その魔石は光に照らされて綺麗な赤紫色に輝いている。

「他の魔石の回収は面倒だし、このデカいのだけでいいか」

リムはユーリの隣にやって来て話しかけた。

「ユーリさ。そんなに魔法を連発して大丈夫なの？　『足枷の指輪』を付けてるんだよね？」

「ん？　あぁ、まだまだ大丈夫だよ。アンリエッタとの決闘に勝ったおかげで、レベルが上がって大分魔力量が増えたからな」

「そうなんだ。ヤバいね。私のスキルでも魔力量が測り切れないとか、本当に人間を卒業してるね」

ユーリは地面に置いていたリュックを拾い上げた。それからリムとラーナ、セラムのほうを振り返って言った。

「なんだよ。さっさと先へ行くぞ」

ユーリの言葉に促され、三人もあたふたと各々のリュックを背負い直して彼の後を追う。

ユーリの行動に焦りのようなものを感じたラーナは、先を急ぐ彼の背中に疑問を投げかけた。

「待ってください。ユーリ様、何か急いでいませんか？　体調でも悪いのでしょうか？」

「まだ……何でもない。たぶん、気のせいだと思うけど……」

「本当ですか？」

「あぁ……そうだ。とにかく、急ぐぞ」

ユーリは平静を装ってラーナとの会話を切り上げると、足早に先へ進んでいくのだった。

探索開始から四時間後──。

外はすでに夕暮れ時だろうか。ユーリ達は歩を緩めず、サンドアンベシル・タートルの体内の探索を続けていた。

76

そんな中、セラムがユーリの袖を引いて話しかけた。

「ユーリ兄さん、そろそろ休憩にしない？」

「あぁ……そうだな。セラムにはキツかっただろう。すまん、配慮が足りなかった。ん……ちょっと待て」

ユーリはサッと片手をセラムの胸の前に出して彼を引き留めた。

「どうしたの？」

「みんな止まってくれ。鼻の内側の粘膜が少しピリピリする……む、これは毒か？」

「へ？　そう？」

「……これは無味無臭性の毒か……念のため解毒薬を服用して、マスクを着用したほうがいいな」

ユーリは自分のリュックを下ろすと、その中からマスクと解毒薬を取り出して皆に手渡していく。

「わ、分かったよ。けど、ユーリ兄さんはいいの？」

「あぁ……俺は【耐毒性】というスキルを持っているからな」

「た……【耐毒性】って、そんな簡単に取得できるモノでは……ほんと、ユーリ兄さんって、とんでもないよな」

セラムは心底呆れた顔でユーリから解毒薬とマスクを受け取った。

「ただ休憩は入れたほうがいいな。じゃ……念のために【シールド】を展開して、この中の空気を【エアクリーン】で綺麗にしておくか」

その後、ユーリ達は少しの休憩を挟むと、再びサンドアンベシル・タートル内の探索に向けて出発した。

ユーリ達が休憩場所から歩き出して数分後――。

彼らは予期せぬ凄惨な光景に遭遇して息を呑んだ。

特にセラムは衝撃のあまり口元に手を当てて驚いた表情のまま固まっている。

「何……これ」

「みんな、近寄るなよ」

ユーリは三人を制して一人でスタスタと地に倒れた哀れな物体に歩み寄っていく。

「……全員死んでいる」

ユーリはゆっくりと首を横に振ってポツリと呟いた。彼の目の前に横たわっていたソレは……なんと、十人以上の冒険者達の亡骸だったのだ。

彼らの中には、ギルドのロビーで「英雄になる！」と高々に宣言していた冒険者も含まれていた。

伝説の物語から登場したような煌びやかな防具を身に纏い、重厚な大剣を背負った男である。

「蝋の翼で過ぎた夢に手を出し……地に落ちたか」

ユーリは瞑目し、冒険者達の亡骸の前で手を合わせた。

そうしていると、セラムがふらついた足取りでユーリの背後にやって来た。

「……なんで？　強そうな冒険者だったのに」

「セラム、近寄るなよ。こいつらはおそらく毒にやられたんだろう」

「うう……うぅうえ……」

セラムは気分を悪くしたのか、その場に膝を突いて嘔吐しそうになる。

すると、すぐさまラーナが気遣ってセラムの背中を優しく擦ってあげた。

「セラムさん、大丈夫ですか？」

「うう……ラーナ姉さん、大丈夫……」

ユーリはセラムの様子を一瞥し、光彩を失った冒険者の男の開いた目を閉じた。

しかし、続いてユーリが取った行動を目にして、セラムは驚きに目を瞠った。

「……え？　ユーリ兄さん、何してるの？」

ユーリは冒険者の男の懐に手を伸ばして、なにやらごそごそと奥を漁っているのだ。

「金目の物を探しているんだが……ん、どうした？」

男の懐からユーリが短剣を発見して取り出すと、セラムがその行為を激しく非難した。

「……っ。何やっているんですか！　それでは追剥ぎ……盗賊と同じじゃないですか！　やめて

ください！　見損ないました！」

そうセラムは吐き捨てると、顔を真っ赤にして怒りユーリから離れて行ってしまった。

ユーリはリムに視線を向けると、その意図を察したリムがセラムの後を追う。

彼の近くに残ったラーナがユーリに問いかけた。

「ユーリ様、よろしいのですか?」

「何がだ?　まぁ……冒険者なんてこんなもんだろう?　英雄に憧れているセラムにはショッキングだったかもしれない。ただ、現実は知っておいたほうがいいと思ったんだ。これは夢見がちな子供が読む、ファンタジー小説じゃないんだから」

ユーリは、その場に倒れていた冒険者の持ち物の中から携帯可能な金品を物色しながら答えた。

その行為を終えると、ユーリ達は拗ねてしまったセラムを連れ戻して再び歩を進めるのだった。

「そうだな……まぁ過ぎた夢に手を出したこいつらが悪いんだ」

「……残された家族に、少しでも形見の品を渡せたらいいですね」

「ほんと馬鹿だよ。こいつら」

「……」

「……」

探索開始から七時間──。

「ギャアァァァァァァァァァァァァァァァ!!」

ユーリの魔法を浴びた魔物が断末魔の悲鳴を上げて後ろに倒れた。ギガントゴングと呼ばれる巨大化したゴリラのような怪物である。

すぐさまユーリはリムを連れて獲物のほうに近寄って魔石の回収を始める。

80

「ここか?」

「そう」

ユーリはリムが指し示すギガントゴングの胸の辺りを剣で抉っていく。すると、ラグビーボール大の純度の高い魔石が顔を出した。その魔石を見てユーリが呟いた。

「なかなか高く売れそうだな。それにしても、ここにいる魔物はそれほど強くないのに、魔石自体は上等な物が多いのはなぜだろう……もしかしたら、サンドアンベシル・タートルから影響を受けているのかな?」

「その可能性は高いかも」

「だとするとサンドアンベシル・タートルの魔石は近いのか?」

「……ものすごく大きな魔石の魔力が色濃く見え始めてる……もうすぐゴールなのかな? だけどユーリ、ぱっぱと魔物を倒しすぎだよ」

「魔石、ようやく取り出せたよーって、うん? ……なんか妙に理不尽なこと言ってない?」

「私の出番がないじゃん!」

「え……何だって?」

「私はこう見えても山育ちだし。ディランさんに体術を習っているから、それなりに動けるんだからね!」

「ああ、まぁ……分かった、いいよ。魔物の数が多くて、ちょっと面倒になってきたところだ。本

来は魔法使いがパーティーの先頭に立つのはあり得ないと思うけど、援護してやるから俺の先を歩けよ」

リムは『ブシーカの籠手』を左手に付けた。

その様子を見たユーリは何かを思い出して小さく笑った。

「ふっ……」

「む……何かおかしい?」

「そうだったな。確か、山でイノシシに追いかけられて川に落ちたんだったよな。はは、懐かしい……」

「う、今それを思い出さなくてもいいでしょ!」

ユーリとリムが楽しげな会話をしていると、頬を膨らませたラーナが、無口になってしまったセラムと一緒に近寄って来た。

「むぅ……二人だけの空間ズルいです! リム、今日は抜け駆け禁止だと盟約を結んだというのに。貴女は!」

「ちょっとくらい、いいと思うんだけどね」

「いけません、すべてが終わるまでは!」

「そうかなー」

突然、リムとラーナの口論が始まった。

82

――と、その時だった。

「うぐ……」

二人の後ろで様子を窺っていたユーリが頭を押さえて低く呻いた。

「え？　どうされたのですか？　ユーリ様？」

「だ、大丈夫⁉」

ユーリは地に膝を突いて苦悶の表情を浮かべている。ラーナとリムは傍へ駆け寄ると、その顔を心配そうに覗き込みユーリの肩に手を置いた。

二人の顔に緊張が走る。

「すごい体が熱いです……」

「何これ⁉　ラーナとセラムは離れて……ちょっと治癒魔法をかける！」

リムが治癒魔法の【ヒール】を唱えようとした時、ユーリがその手を制して言った。

「いや、これは気のせいだから……」

「なんでやせ我慢するかな」

「……熱なんて。はぁ……はぁ……気のせいだ……から」

ユーリの様子を観察していたリムがそこで何かに気づいてハッと息を飲む。

「ん？　アレ？　この病状はどこかで……ユーリ、まさか……アレ？」

「いや、そんなことないね。熱とか体調不良とかじゃないからね……ごほ」

「思いっきり、咳が出てるし。ふふ……体調が悪いんでしょ?」

リムは苦しそうなユーリを見て、どこか嬉しげに彼の背中を撫でた。

「いや、何度も言っているが、体調不良とかじゃないから。ごほ……この咳とかも、たぶん誰かが俺の噂をしているだけだ」

「それはくしゃみでしょ? ふふ、仕方ないなー。魔物をちゃちゃっと片付けたら、私とローラさんで完璧な看病をしてあげるから、大船に乗ったつもりでいてよね」

リムが誇らしげに胸を張って言った。すると少し離れていたラーナが慌てて会話に割り込んでくる。

「あ、また抜け駆けですか? も、もちろん私もユーリ様の看病をしたいです!」

「これはメイドの役目だから。ラーナの手を借りる必要はないわ。落ち着いて紅茶でも飲んでいたら?」

「そういう訳にもいきません。だって、ユーリ様は大切なお方なのですから!」

「……けど、お嬢様の出る幕じゃないって言ってるの。どうせ、誰かを看病した経験なんてないんでしょ?」

「いえ、私だって、お兄様の看病をしていましたから」

今度はユーリの看病権を争って、ラーナとリムは口喧嘩を始めてしまった。とはいえ、二人の間に会話はなく、必然的に蚊帳(かや)の外へ追いやられた形となるユーリとセラム。

気まずい沈黙が流れていた。

ユーリは拗ねて無言のままでいるセラムを放（ほう）って、何とかラーナとリムの口喧嘩を止めようと声をかける。

「いやだから……」

しかし、ユーリの言葉はまったく二人の耳には届いていなかった。それどころか、ラーナとリムの口論はユーリの意図しない方向に白熱していく。

「……じゃ、じゃ、じゃ、じゃあー‼ これから、どれだけ多くの魔物を倒せるかで勝負しましょう！」

「分かった。その勝負、乗ってあげる」

「勝ったほうが次のデートのお相手ということで」

「そうだね。それがいい」

「あの……」

ユーリはラーナとリムの会話を聞きながら不穏な既視感を覚えた。

（俺まだ何も言ってないのに。……アレ？　この会話のパターンはどこかで……）

「ユーリ様、大丈夫ですから。私が必ず多くの魔物を討伐してみせますから！」

「いや、私に任せてよ。大船に乗ったつもりでいてね！」

ユーリに拒否権はないらしい。ラーナとリムは満面の笑みを浮かべると、ユーリの承諾も得ぬま

ま魔物狩りを始めてしまう。

そうして体中にやる気を漲（みなぎ）らせたラーナとリムは、瞬く間に出没する魔物達を退治していくの
だった。

ユーリの看病権を巡るラーナとリムの討伐合戦が開始されてから十時間ほどが経った頃。

二人が打ち倒した魔物の数が並んだ時だった。サンドアンベシル・タートル内の深部に到達した
四人の前に、紫色に光り輝く魔石の結晶が姿を現した。

——ところが。

その二つ目の前には、二十メートルを超える魔物——スケルトンデーモンが鎮座していたのである。

全身が硬い骨で構成されたスケルトンデーモンの体の胸部には、魔物自身の魔石が埋め込まれてい
た。どうやら、この魔物はサンドアンベシル・タートルの魔石の守護者とも言うべき存在らしい。

「不気味です」

「うわ……何アレ。気持ち悪い」

ラーナとリムは口々に率直な感想を漏らしつつ、一斉に魔法を解き放った。

二人の魔法使いから容赦のない攻撃を受けて、スケルトンデーモンは為す術もなく骨を削り取ら
れていく。

——数十分後。

最後の一撃を浴びせて魔物を倒すと、二人は快哉を叫んだ。

なんとも呆気ない幕切れである。

それどころか「魔物の息の根を止めたのは自分だ！」と、ラーナとリムは再び言い争いを始めてしまう始末であった。

こうして魔石の守護者がいなくなったので、ユーリ達は無事にサンドアンベシル・タートルの魔石を破壊できた。巨大な魔物が動きを止めたことが分かり、彼らはユーリの時空間魔法によって外へ飛び出した。

サンドアンベシル・タートルはマトーゴラの街の外壁まで迫っていたが、街の人達に被害はなく済んだらしい。魔物の体内に集落を作っていた人間達も無事に脱出できたようで、ユーリ達は彼らからも非常に感謝されていた。

ただし、唯一問題点があったとすれば、魔物の討伐の功績をセラムに押し付けたこと――。

この件では、予想通り当人との間でひと悶着あったものの、ユーリ達はその説得をノア様にぶん投げて……いや、任せることにより、サンドアンベシル・タートル討伐の特別クエストは終結したのだった。

◆

ここはガレオン船ベークド・ラセン号の船室の一つ——。

僕の父親であるクリムゾン王国の国王様が執務室として使っている部屋の中だ。

今、僕——クリムゾン王国の第一王子、セラム・バン・クリムゾンは国王様の前に立っていた。

四カ国サミットの会場に向かう海路の途中で経由した、マトーゴラの街における事件についての報告をするためだ。

「……国王様、ただいま帰りました。今回の一件では私が無謀な行動に走り、ご心配をお掛けして、誠に申し訳ございませんでした」

僕は国王様に目を向けると、一度ゆっくり頭を下げた。

六歳の僕と五十四歳の国王様。傍から見れば、孫とお爺様くらいに年齢の開きがある。

「どうしたのじゃ？　儂は鼻が高いぞ。ノアの奴め。まさか、お前に精鋭を率いさせて、あの化け物亀の討伐に向かわせるとは……お前の実力を知らんばかりに、ノアを叱りつけてしまい悪かったの。だが、儂は心配していたのじゃよ。過保護に育て過ぎて、あのような巨大な魔物に立ち向かうことが出来るなどと、到底、思えなんだ。しかしまさか、お前がこれほどまでに強く、勇猛に育っていようとは……。儂はそのことが何よりも嬉しいのじゃよ」

長年、誕生しなかった待望の男児というだけあって、国王様は僕を甘やかし過保護に育てた。

「僕はそんな大したことは……一緒にいた精鋭の方達が」

「何を言う。お前が立派に指揮したと聞いている。自信を持て！　お前は、偉業を成し遂げたのじゃ！」

「は、はい……」

「うむ、お前の名前にも箔が付いたの」

「おお、すまんかったな。ゆっくり休むがいい」

「はい。ありがとうございます」

「すみません、国王様。申し訳ないのですが、やはりまだ戦いによる疲労が激しく……」

「おお、お前の名前にも箔が付いた。これで儂も安心して、お前に王座を任せられる日が近づいたの」

——僕は実際に疲れていた。

サンドアンベシル・タートルを討伐するために歩き通しだったせいもある。だが、最も僕を精神的に追い詰めたのは、皆を欺く道化となることだった。今回の一件は、確かに僕が功績を挙げたことにしなくてはノア殿の立場が危うくなる。もちろん、それは理解できた。とはいえ、仮初の英雄を演じるのは想像以上に辛く空しかった。

そして、何よりも僕が抱いていた英雄像への夢を打ち壊したのは……。

憧れを抱いていたユーリ兄さんが、よもやあんな、野盗みたいな真似をするなんて——！

でも、もういいか、それは……。

僕は、国王様から退室の許可をいただくと、深々と一礼してその場を後にしたのだった。

国王様の部屋の外には、僕付きのメイドであるクレアが待っていた。

「あ……セラム様」

「クレア……どうした？」

僕は憂鬱な足取りで自室に戻るべく歩き出した。

背後からクレアが僕に付き従いながら口を開く。

「いえ、セラム様が国王様に謁見中だったので……彼らには帰っていただいたのですが。実はさっきまで、今回のサンドアンベシル・タートルの討伐で犠牲となった冒険者の家族の方がいらしていたのですよ」

「そうか……」

「セラム様に、お礼を伝えてくれと頼まれました」

「……え？　どういうこと？」

僕は立ち止まって振り返ると、クレアに視線を向けて問いかけた。

「あのような恐ろしい魔物を討伐しただけでなく、わざわざ形見の品を持ち帰っていただき、感謝の言葉もありません、と」

その時、僕はユーリ兄さんが冒険者の亡骸に対して取った行動の真意をようやく理解した。

「——あの人は……！」

そうか……。

そうか、あの人は……。

僕自身、自分の器の小ささを恥じた。考えの至らなさが嫌になった。僕はあのユーリ・ガートリンという人物をまったく理解できていなかったらしい。

今、僕に向けられている称賛は本来、彼が受けるべきものだ。

それをユーリ兄さんは「面倒臭いし、興味もない」と言って拒んだ。今更彼に何と言おうとも、おそらく僕の申し出を受けることはないだろう。

僕が自室に入り上着を脱ぐと、クレアが僕の顔を見つめて優しく笑った。

「ふふ、どうなされたのですか？ なんだか元気が戻ったみたい」

「クレア、話したいことがあるんだ」

「はい。何でしょうか？」

「今日、僕は本物の英雄に会ったんだ」

僕は笑顔を弾けさせた。

そして、誰も知らない物語をクレアに語り聞かせるべく口を開いた。

――素晴らしい英雄の冒険譚を決して失わせまいと。

第三話　最高の一振り

モザンク島の港には、何艘もの巨大なガレオン船が並んでいた。

四カ国平和サミットに出席するために各国から訪れた船だ。その中にユーリ達が乗ってきた船の姿もあった。

「……ごほごほ、ここがフランデンベルか。新しい感じの街だな」

よく整備された港には様々な人々が行き交っている。

サンドアベシル・タートルの討伐の一件から三日が経とうとしていたが、ユーリは未だ不調だったため、ディランに肩を借りて船を降りるところだった。すでに他の乗客達は下船しており、ユーリ達が最後だ。

「そうだな。この島は――」

ディランの説明によれば、モザンク島は温暖な気候が特徴で、国土の広さは日本と同じくらい。

地理的には四カ国のちょうど中心に位置し、島の真ん中に聳えるふたこぶの山が目印なのだそうだ。

夜になると吟遊詩人の歌声や演奏が聴こえてくる賑やかさがあり、鮮度抜群の熱帯フルーツや海産物が味わえるのも特徴という。

ただ、この島は今でこそ平和になったものの、戦乱が絶えなかった時代は苛烈な戦いが繰り広げられて多くの人々が命を落とした惨劇の舞台だった。

それでも戦が終結して四カ国平和協定を締結以降、島を再び悲劇の地にしないように侵略の許されない中立の地に指定され、四カ国による共同の統治が行われていた。

こうした経緯があり、平和がこのまま続くことを会議する四カ国平和サミットがモザンク島のフランデンベルで開催される決まりとなったそうだ。

「この島にあった街はもともと誰も住んでいない廃墟で、四カ国平和協定が成立してから再建されたんだ」

「ん？　そうなのか？　だけど、街の中心地にある幾つかの建物は、かなり古くて建築様式も他とは大分違うようだが？」

ディランの説明に疑問に思ったことがあったユーリがある建物を指さして言った。確かにユーリの指さしたほうには、古い建物の一部だけが残っていた。

「アレは何だったかな？　フランデンベルの街が紹介された冊子に書いてあったんだが……」

ディランはユーリに肩を貸しながら、ポケットに入っていた冊子を器用に取り出した。

その冊子に目を通しつつ、ディランが口を開いた。

「えっと……辛うじて残っていた建造物を再建したものらしい。ランベルの塔とリリアーヌ教会だな」

「はぁ、なるほど……ぐ、頭が……！」

「おいおい。坊主、大丈夫かよ!?　明後日の騎士交戦までには治るんだろうな……？」

「痛……ディランには大丈夫に見えるのかよ」

「んー難しい質問だな。坊主ほどの強い人間が大丈夫か否かなんて、俺には判断できないぜ」

「ごほごほ……なんだよ。人を化け物みたいに」

「ハハ、それは悪かったな。しかし、どういうことなんだろうな？　治癒魔法が効かない病気っ（かか）てのは……？　あー、しかしそういえば、昔たまに罹ってなかったか？」

「……そうだな」

「ただ、いつもは数日で治ってたから、さほど心配されてなかったんだっけか？　まぁローラの奴は、毎回騒いでいたが。あ……もしかしたら、最近調子が良かった分、割り増しして一気に来たのかもしれねぇな？」

「それはすごく笑えない。ごほごほ」

「ハハ、そうだな」

「そうだなって……笑ってやがんの。はぁはぁ……せっかく面白そうな街に来たんだから、じっくり観光したかったぜ」

「なんだかんだ言いつつ、余裕がありそうじゃないか。普通の奴なら、なかなか出てこないと思う国家を背負って戦うってのに緊張とかしないのか？　坊主は騎士交戦の選抜者なんだろ？　一応、

ぜ？　観光って発想は」

「ごほごほ……緊張はしてないね。ただ、面倒臭いだけ」

「まぁ。坊主らしいと言えばらしいが」

「今更、あれこれ考えても仕方ないし。いざとなれば、ニールの奴が何とかするだろう？　……ご

ほごほ……アレ？　地面が大きく傾いてきた……なんか本気でヤバそう……世界が揺れる―」

「お、おい!?　坊主!?　大丈夫か!!」

ディランは高熱で気を失ったユーリを担ぎ、騎士交戦の選抜者に宛がわれた部屋に向かうの

だった。

ユーリは、四カ国平和サミットの開催中に泊っている部屋のベッドの上で呻き声を上げていた。

熱にうなされて寝返りをうつと、ユーリの頭の上に乗せられていた濡れタオルが枕元にずれ落ちる。

今日は騎士交戦の当日なのだが、ユーリの熱は下がらず、未だ苦しそうに寝込んでいた。

――トントントン。

その時、ユーリの部屋にノックの音が響き、静かに扉が開いてローラが顔を出した。

「失礼します。お加減いかがですか？」

ローラはベッドに横たわっているユーリに近づくと、乱れた布団を掛け直した。そして濡れたタ

オルを取り換えている間に、ローラの気配を察知してユーリが目を覚ます。

「うぐ……頭いたぁ……」

「すごい熱……」

ローラはユーリの額に濡れタオルを乗せると、そっと手を伸ばして彼の赤くなった頬に触れた。

そして、ユーリの体温の高さに少し目を見開いて驚く。

「ごほごほ……ローラの手は冷たくて気持ちがいいな。……アレ？　リムは？」

「リムさんは……」

「どうした？」

「リムさんは騎士交戦に出場する選抜者としての準備があると、先ほど……」

ユーリの問いにローラは口籠る。彼女は、今日が騎士交戦の当日であることをユーリに伝えるべきかどうか迷っていた。なぜなら、騎士交戦では大怪我をすることもあるほど、毎年熾烈（しれつ）な戦いが繰り広げられているからだ。

もちろん、武勇に秀でたガートリン家の次期当主であるユーリが騎士交戦で功績を挙げることは、メイドとしては喜ばしいことだ。

けれども、体調が優れず寝込んでいるユーリを、そんな危険な戦いに出場させるのは躊躇（ためら）いがある。ガートリン家のメイドにはあるまじき行為かもしれないが、今はむしろ、大事をとって休ませるべきではないか。

「ごほごほ……マジか。今日が騎士交戦の本番だったか。寝てばかりで時間の感覚が狂っていたよ」

96

「……」

「……間に合うよね?」

「……はい。ユーリ様、すごく体調が悪そうですが……本当に、騎士交戦に出場されるんですか?」

「あのノアの爺様が病欠なんか許してくれる訳ないよ。……ごほごほ」

「それは確かにそうかもしれませんが……心配です」

「ありがとう。ローラには心配かけっぱなしだな」

「そんな……もう、私は何の力もないただのメイドです。私に出来ることはユーリ様を見守ること、それだけですので」

「ほんとに俺は……多くの人に支えられているようだな……ごほごほ」

ユーリはゆっくりと体を起き上がらせ、ベッドから立ち上がる。そして、ローラが準備した衣服に着替え始める。

「ユーリ様? まだ少し時間がありますよ」

「いい。準備をするよ。ローラ……」

「は、はい」

「……」

「……」

「えっと……いつもありがとう」

97　異世界で怠惰な田舎ライフ。6

「それはどういう？　なんで、今『ありがとう』なんて言うのですか？　……それでは、まるで最後みたいではないですか……何があったのですか。最近のユーリ様は変です」

ユーリの背中を見つめるローラの瞳から涙がポロポロと溢れ出した。

衣服を着替え終えるとユーリは、ローラに約束するように言った。

「最後じゃないよ。　絶対に終わらせない」

「うう……」

「ハハ……何、泣いてんだよ。　俺は大丈夫」

ユーリは穏やかな微笑みを浮かべて、ローラの瞳から零れ落ちる涙を拭う。

「……あ」

「俺は死亡フラグだろうが何だろうが、折ってみせる。……それに話したいことがいっぱいあるんだ。ただ、心配性のローラにはすべて終わったら話すよ。……だから待っていてくれよ」

ユーリはクローゼットに掛けてあったコートを抱え、自室を後にするのだった。

騎士交戦の開始時刻まであと二時間に迫る頃──。

ユーリは、選抜者のために用意されたクリムゾン王国の男子控室兼更衣室で、ニールと共に戦闘の準備を整えていた。

「ごほごほ……これ、本当に着るのか？」

相変わらず体調の悪いユーリは、眉間に皺を寄せながらぶつぶつと呟いた。彼の目の前には、クリムゾン王家の紋章の刺繍が施された、赤と黒の配色によるド派手なマントが掲げられている。

「当たり前だろ。このマントは魔法耐性などのいろいろな付与効果がある、かなり高価なものなんだぞ？」

そのマントを身に着けながら、隣にいたニールが平然と返す。

「俺はマントの性能のことを言ってるんじゃなくて、赤と黒は、派手じゃないかってのが気になるんだけどね」

「仕方がないだろ。赤色はクリムゾン王国の国色なんだから。更に言えば、観客が観戦しやすいような配慮だろう。他の国を代表する選抜者だって……。確か、ポワゼル王国が青色、シャンゼリゼ王国が緑色、ルーカス王国が黄色のマントを身に着けることになっていたな」

「ごほごほ……俺達は見世物でも戦隊ヒーローでもないんだがな」

「気持ちは分からんでもないが、愚痴を言っていても始まらないだろう」

「まぁ……そうだな。あ……」

ユーリが渋々ド派手なマントを身に着けていると、何かを思い出したように声を上げた。

「どうした？」

ニールがユーリに問いかける。

「そういえば最近、アンリエッタと仲が良さそうじゃねーか」

100

ユーリが妹の名前を出すと、ニールはあからさまに動揺した。

「む……アレは……け、決して……そんな、いかがわしいものではない」

「へぇ……朝から晩まで一緒にいて、何とも思わないのか？　まぁ、強さに狂気をはらんでいるから、女としては見れんか……ごほごほ」

「いや、ただ……」

ニールは頬を掻きながら、何やら説明し難そうに言葉を濁にした。その様子が気になったユーリは、目を細めてニールを見た。

「ただ？　なんだ？」

「いや……まぁ、綺麗だな……とは」

ニールは頬を真っ赤にして、ユーリの視界から逃れるように後ろを向いた。

「……ぁぁ。スポコン系のラブコメかよ。聞くんじゃなかった。ごほごほ、俺の体調がまた悪化しそう」

「き、君が聞いたんだろ……!?」

「やめやめ。言い忘れていたがアンリエッタと付き合いたかったら、俺を倒さないと駄目だぞ。それは決定事項な。ちなみに手加減は一切ないと思えよ。ごほごほ」

「君ね。それは……」

「うん。体調が悪くなりそうだからこの話はここで終わり。……で、騎士交戦の参加者について何

「か知っているか？」

「君は相変わらずだね。本当に自分勝手というか……って、参加者の情報ならノア様が直々に教えてくださったではないか」

「……覚えてないな」

「はぁ……まず、警戒すべきは前回優勝しているルーカス王国だろう。軍事において、かなり力を入れている国家だけに騎士学校のレベルが高いことでも有名だ。なんでも、今回は逸材と呼ばれる大斧を持った者が参加しているのだとか」

「騎士で斧使いは珍しいな」

「魔法先進国のシャンゼリゼ王国などは、僕らの知らない魔法を使ってくる可能性が十分ある。そういった意味では一番読めない相手だ」

「ごほごほ……魔法先進国……って、アレだろ？　さっき覗いた闘技場に設置されていた投影機の魔導具を発明したのもそいつらだったか？」

「あぁ……侮れない。更にポワゼル王国からは、ノア様と旧知の仲で『神速の一閃』と呼ばれている騎士ルルーシュ・リールの弟子が出場するらしい。僕らなら問題ないとノア様は仰っていたが、決して油断すべきじゃないだろうな」

「うわ、面倒臭そうだな。ごほごほ」

「君ね……それ、ノア様から聞いた時も同じことを言っていたけどね」

「ごほ……アレそうだったっけ？　てか、また熱が上がった気がするんだけどね。　目の前がぼやけて……」

「お、おい。本当に大丈夫か……？　うわっ！　な、なんて体の熱さだ!?」

ふらつくユーリの体を支えると、ニールはその体の熱さに触れて驚愕した。

「ごほごほ……何とかな、騎士交戦で役に立つか知らんが、ニールさえいれば楽勝だろう？　俺は後ろで休んでていいかな？」

「いや、僕一人でか？　それはさすがに……」

「大丈夫、ラーナもリムも物騒なほど強いから。なんたって、レジェンド級の魔物サンドアンベシル・タートルを倒してしまうくらいだし……ごほごほ」

ちょうどそこへ騎士交戦の係員が呼びに来た。二人は係員に案内されて他の国の選抜者達と一緒に会場へ移動するのだった。

◆

コロッセオにも似た円形闘技場は、大勢の観客達で埋め尽くされていた。

女性の司会者が拡声器のような魔導具を片手に持って会場を盛り上げる。

「こんな平和の祭典でも、やっぱり賭け事好き！　戦い好きなイカれ野郎ども！!!!　この日を楽

しみにしていたかぁぁぁ!?」

「おぉぉぉぉぉぉぉぉぉぉぉぉぉぉぉぉぉぉー!!!!!!」

女性の司会者の声に煽られて観客達から絶叫が沸き上がった。騎士交戦では四カ国平和サミット
の運営資金を確保する目的のために『賭け事』が公式に認められている。それゆえに詰めかけた観
客達の熱狂度は半端ではなく、立ち見が出るほどの大盛況を呈していた。

「本日、司会を務めさせていただくのは──! 私、絶世の美女と謳われるミリカだー!!」

気分よく決め台詞を言い放ったミリカに対して、観客達から容赦のないヤジになって帰ってきた。

「いいからー! さっさと始めろぉー!!」

「冗談は顔だけにしろぉー!」

「年増女が引っ込んでろぉー!」

──その時、ミリカは完全にブチギレた。

笑顔を引きつらせたミリカは、大きく息を吸うと、額の血管を浮き上がらせて周囲の人間が耳を
ふさぐほどの大声を喚き散らした。

「……うぅぅぅぅっっっっっーーーーーーせぇんだよぉおおおおお! 屑どもがぁぁぁぁ!!!
こんなところに来てねーで、とっとと帰って仕事してろっつーんだよ!! おい! 今その席で年増
と言った奴! 顔は覚えたからな!! ぜってー後でぶち殺す! 生きてることを後悔するくらいに、
惨めに殺してやるぞ!」

104

「「……」」

急に静まり返った観客達を見て、我に返ったミリカは怒気を隠して笑みを浮かべた。

「……あ。しまったな。テヘ、なんちゃって……今のは……アレだよ。アレ。……そう冗談、冗談だから！　可愛いミリカが乱暴な言葉とか絶対に言わないよ？」

「「「……」」」

ミリカは自身の失態を取り繕おうとしたが、完全に静まり返る観客席。

その状況に耐えられなくなった彼女は何とか誤魔化そうと、騎士交戦の選抜者の名前を紹介していく。

「そ、それでは～、気を取り直して～。騎士交戦に出場する選手達の入場です！　まずは前回の騎士交戦優勝国──」

会場の中央に張られた白い幕には、プロジェクターのような魔導具によって選抜者の顔が一人一人大きく映し出された。こうしてユーリ達を含めた騎士交戦への参加者達──四カ国の選抜者各四名、総勢十六名は闘技場の中央に集められたのだった。

「……以上、各国の新星が集まりました。それでは今回の騎士交戦の競技を発表します！」

ミリカが一旦言葉を切ると、手に持っていた黒い封筒を開けた。ちなみに騎士交戦の競技内容は選手及び関係者の公平性を保つため、ギリギリまで極秘とされていて、毎回開始直前に発表されるのが決まりだった。彼女は黒い封筒から一枚の紙を取り出すと、そこに記載された競技内容を高々

と読み上げた。

「今回の騎士交戦における競技は、ずばり『ダンジョンにおける遭遇戦』です!」

それからミリカによって騎士交戦の概要が説明されていった。

競技のルールを掻い摘んで言えば——。

まず、各国の選抜者の代表がくじ引きを行い、闘技場の地下深くに構築されたダンジョンに入るための四つの入口のうち、どの入口から入るかを決める。

その後、選抜者達は複雑に入り組んだダンジョン内に仕掛けられた数々のトラップや襲い来るゴーレムの脅威を潜り抜けて、制限時間三時間以内に最下層を目指すというものだ。

勝敗にはポイント制を採用している。

複数の魔法使いによって操られたダンジョン内のゴーレムを倒したり、宝箱を発見したりすると二～十ポイントが獲得できる札がランダムに設置されている。そして、制限時間内に最下層のチェックポイントに一番早く到達したチームには五十ポイント、二番目に到達したチームが三十ポイント、三番目に到達したチームが十ポイント、四番目に到達したチームが五ポイントをもらえるルールだ。

もちろん、最下層のチェックポイントに至るまでチーム同士で戦って、ポイントの書かれた札を奪い合うのも自由である。最終的に一番多くのポイントを獲得したチームの勝利となる。

106

また、事前審査を必要とするが、選抜者達には一人につき魔導具を一つ持ち込むことが許されている。更に、命の危険が迫った時に降参の宣言が出来る魔導具も配布される。ただし、その魔導具を使用した者は、試合終了までその場で拘束されてしまう。

なお、この騎士交戦は四カ国の交友戦でもあるため、致命傷となる技や魔法の使用は禁止とされている。

司会者のミリカの号令によって騎士交戦はスタートした。

──それから、ちょうど三十分が経過した頃。

東京ドームほどの大きさがある闘技場は、観客達のどよめきに包まれていた。彼らが食い入るように見つめているのは、闘技場に設置されたスクリーンである。ダンジョン内には複数の監視カメラに似た魔導具が設置されており、その映像を観客達はリアルタイムに見ることが出来るのだった。

そこには今、一人の選手が映し出されていた。クリムゾン王国の選抜者であるユーリだ。

騎士交戦は国対抗のチーム戦にもかかわらず、なぜユーリが一人でいるのか。その話は後にするとして──。

ユーリはダンジョン内に複数作られたゴーレムが大量にいるフロアにいた。その数は五十体以上。だが彼は、そんな多勢に無勢をものともせず、襲い来るゴーレムの集団を次々と殲滅していた。

上級魔法や強い剣撃で破壊しているようには見えない。ふらふらと揺らめくようにゴーレムの攻

撃を躱し、その巨体の動きを利用して同士討ちさせているユーリの動きは、あたかもコメディ要素を取り入れたカンフー映画の酔拳を彷彿させた。

まったく注目されていなかったダークホースの出現に、観客達は大いに盛り上がり、度肝を抜かれているのだった。

騎士交戦における賭けの倍率は、昨年最下位だったクリムゾン王国が他の国に比べて高めに設定されていた。そのため、クリムゾン王国に大金を張っていた者達の声援は必然的にかなり大きくなる。

その一方で、ユーリの戦いぶりを見て別の意味で驚愕している人々がいた。

◆

闘技場内にあるシャンゼリゼ王国最先端魔法技術チームの指令室では、ゴーレムを操作している魔法使い達が驚きに目を瞠っていた。

「なぜ、ゴーレムが完全停止するんだ!? 今回、用意したゴーレムはある程度の破損ならば、すぐに再生するのだろう?」

シャンゼリゼ王国最先端魔法技術チームのリーダーであるコリック・ランナーは、自分達が操作しているゴーレムが次々と破壊されていくスクリーンの映像を見て呟いた。

そこへ部下の女性が資料を手にやって来た。

女性の名はマチルダ・コリン。二十代後半という若さながら、シャンゼリゼ王国最先端魔法技術チームの副リーダーを務めている才女だ。

「リーダー。 報告してもよろしいでしょうか?」

「あぁ聞こう」

コリックの了承を得て、マチルダは資料を捲りつつ報告する。

「ゴーレム本体に与えられた被害自体は軽微であるものの、どういう理由か壊されたゴーレムとの魔力接続が切断されて再生できなくなったようです」

「魔力接続の切断だと!?」

マチルダの報告を聞いたコリックは、驚きのあまりダンッとデスクを叩いた。

「……はい。 何らかの魔法によるジャミング、もしくは魔法式の書き換えが行われているのではないかと」

「な! 聞いたことないぞ! クリムゾン王国の魔法局や魔法学園で開発されたのか? もし、そんな魔法があったとしたら、世界の魔法事情がひっくり返るぞ!」

焦りの色を隠せていないコリックの額から汗が流れ落ちた。

実際にコリックが言ったことが自在に出来れば、ゴーレムだけでなく、軍事利用されている多くの魔導具も同じ原理によって破壊されてしまうだろう。

今までの戦争における勝敗は、国が抱える軍事力の一つ——すなわち、魔導具の質に依存してきた。国土の半分以上を不毛な砂漠地帯が占めるシャンゼリゼ王国の場合、これまで他の大国と対等に渡り合えたのは、その高い魔法技術によるものであるのは言うまでもない。

それゆえに、四カ国平和協定の締結以降も、魔法技術が他国に流出することを恐れて、シャンゼリゼ王国では多くの魔導具の持ち出しが固く禁じられていた。僅かに輸出の許可が下りている魔導具自体にも、その技術が読み取られないよう厳重な細工が施されている。

世界中で戦争が減り、現在がいくら平和になったとはいえ、どこに脅威があるか分からない。平和が永遠に続くことなど誰も知りはしない。国家を維持するためには、常に戦うことの想定を余儀なくされている。要するに、魔導具が国防そのものに関わっているシャンゼリゼ王国では、一方的に魔導具が使用不可にされるなどという事態はあってはならないのである。

「これ以上の調査は破壊されたゴーレムの回収後でないと判断できません。ただ、クリムゾン王国に潜らせている調査員によると、魔法局や魔法学園では魔導具のジャミング魔法や魔法式の書き換え魔法の開発は行われていないそうです……取り急ぎゴーレムを破壊している彼のデータを調べたところ、不可解なことに騎士学校に在籍中だと」

「騎士学校だと……？　馬鹿な!?　なんだ、あの少年は……!　いったい、何者なんだ!!」

苦悶の表情を浮かべたコリックは、倒れ込むように体を椅子に預けて座り込み、頭を抱えるのだった。

110

◆

ユーリの戦いを驚愕の思いで観戦していたのは、王族達を守護する屈強な騎士達も同様だった。

一見、どこか怠そうな体捌きでギリギリのところで凌ぎながら、偶然にもゴーレム同士が同士討ちをしているように見える。しかし、わらわらと五十体以上のゴーレムがひしめく中で、そんな偶然が起こり得るだろうか。仮にこれを狙ってやっているのだとしたら、それほどの離れ業を成し遂げられる人間が果たして自分達の騎士団に何人いるだろうか？　その場にいた騎士達はそのような感想を抱きながら、息を呑んで戦いを見つめることしかできなかった。

しかし彼らの中で、ユーリが力を出し切れないで戦っている事実に気づいていたのは、ほんの二名にすぎなかった。それは、クリムゾン王国のノア・サーバントとポワゼル王国のルルーシュ・リールだけだった。両名は各々の主である国王の背後に控えつつ、互いの顔色を窺いながら、意味深な視線を交わしていた。

「なんだ。あのガキは……！」

ルルーシュが声量を下げて隣のノアに尋ねた。

「ほほ……何のことかの。しかし、ひどい動きじゃな」

「あぁ。そうだな。無茶苦茶だ。しかし、力量が測り辛いな。手を抜いてるんじゃないか……？」

「……ほぉ。さすがはポワゼル王国で『神速の一閃』と呼ばれている男じゃな」

ルルーシュは眉間に皺を寄せてノアに不平を述べた。

「茶化すなよ。その呼び名は好きではない。……って否定しないということは、あのガキがクリムゾン王国の秘密兵器ということか？」

「ほほ、あのユーリという小僧は一国に収まる器ではないと思っているがな」

ノアの言葉を聞いて、ルルーシュの背筋に冷たいものが走った。彼は多くの戦場でノアと剣を交えた相手である。敵国の人間でありながらノアの人となりは把握していた。

ノアは人を過大にも過小にも評価しない極めて公平な男だった。そのノアがユーリに対して最大級とも言える言葉で評価したのだ。

「そうか……なら、是非とも一度手合わせを願いたいものだな」

ルルーシュは、スクリーンに映し出されたユーリの姿に鋭い一瞥を投げかけると、おもむろに帯刀している剣に手をのせた。

ユーリは自身の与り知らぬところで、またもや厄介な人物に目を付けられた。ポワゼル王国のルルーシュ・リールという凄腕の剣士に。

そして、これを皮切りに今後さらなる面倒な事態に巻き込まれていくことになるのだが——それはまた、別の話である。

◆

騎士交戦が開始されてから一時間が経った。

「ごほごほ……アイツらどこ行ったんだよ。そもそも、誰だよ。あのふざけたトラップ仕掛けたの。あーもうゴーレムがわらわらと邪魔くせー」

ユーリは体調が悪そうにダンジョン内の道を壁伝いに彷徨い歩いていた。彼の足元には破壊されたゴーレムの残骸が大量に転がっている。しかし、どういう訳か、ユーリの仲間達の姿が見えない。

その理由は、騎士交戦開始直後にダンジョンの中で、休もうとユーリが腰かけた岩に仕掛けられていたトラップにかかって突然床が抜けてしまったからだ。そして、そのまま不運にもゴーレムが大量に存在するフロアへ。

どうやら体調の悪化により警戒心が薄れ、普段よりもスキル【危険予知】の効力が鈍っていたのが原因のようだ。

こういう経緯があって、ダンジョンで一人になったという訳だ。

それでもなんとかゴーレム達のフロアを抜け、ユーリがうんざりしながら歩いていたのだが、今度はその道の曲がり角で別の敵が現れた。

「次から次へと……今日は厄日かな?」

騎士交戦の対戦相手である他国の選抜者達とバッタリ遭遇したユーリは小さく愚痴を零した。

前方にいた相手チームの視界にもユーリの姿が入ったのだろう。彼らの中で一番の実力者と思わ
れる黒髪の男性が、いつでも剣を抜ける体勢のままユーリに話しかけてきた。

「何かが壊れる音が聞こえてきたと思ったら」

「……ごほ……。願わくば、今は出会いたくなかったな」

（青色のマントを羽織っているのは、ポワゼル王国の選手だったか？　やはり、体調不良の影響が
スキルにも出ているのだろうか？　【危険予知】のスキルが発動しなかった……。幸い【隠匿】の
スキルはなんとか使用できているようだが）

釈然としない気持ちでユーリはポワゼル王国の選手と対峙する。

これに対して彼らは、すぐに五メートルほどの距離を開けて臨戦態勢を取った。

「あのマントはクリムゾン王国の？」

「一人っていうことは、トラップにでも引っかかって仲間とはぐれたのかな？」

「いや、他にも仲間が潜んでいるかもしれない……。油断するなよ」

「あー確かにそうだね」

ポワゼル王国の選手達が互いの意見を交換する中、ユーリは彼らへの対抗策を練り始める。

（ひどい体調だし、なんなら降参もありだろうか？　いや……そんな選択をノア様が許すはずがな
いよなぁ。終わった後が怖い。まあ、この状態でも連中を圧倒するのは簡単だろう。とはいえ、あ
んまり強力な魔法とかは使いたくない。面倒臭い奴らに目を付けられて、俺の平穏な暮らしが脅か

されるのは真っ平ごめんだ。いったい、どうしたものか？　だけど……う……くっ……今は頭が痛くて割れそうだ！　上手く考えが纏まらない。ああ……それにしても、面倒だな……もう、なるようにしかならないか）

「君、降参するのなら危害は加えないが……どうする？」

ポワゼル王国の黒髪の男性が警戒心を解かぬまま話しかけてきた。

「……」

「どうした？　君が徹底抗戦を決め込むつもりなら、このガンドル・リールも手加減できないんだが？」

「ごほ……いいから、つべこべ言わずかかって来いよ……考えるのも面倒だ」

ユーリは緩慢な動作で剣を抜いて構えた。

「仕方がない……カリナ」

「分かったよ。【ファイヤーブレット】」

ガンドルにカリナと呼ばれた女性は、正面に杖を突き出した。すると、空中に火の塊が五つほど現れる。そして彼女が杖を振り上げたと同時に、ユーリに向かってそれらが降り注いだ。

「ごほっ！　……遅いよ。剣技【一文字】っ……！」

無数の火の塊が降り注ぐ瞬間、ユーリは凄まじい速さで剣を振り抜いた。

その剣の斬撃により、炎の魔法が轟音を響かせて跳ね返される。

「な!?　イラン!」

「……はい。【ウォーターシールド】」

イランと呼ばれた別の魔法使いの男が、【ウォーターシールド】の魔法を発動させてユーリのカウンターを相殺する。火と水の衝撃が水蒸気となって霧のように両者の間に漂った。

「斬撃で魔法を吹き飛ばしただと!?　……カリナ、油断するな!　相手はかなりの強敵だ、視界を確保しろ!」

「【エア】」

カリナが魔法を唱えると、大気中の水蒸気が吹き飛ばされ、一瞬にしてぼやけた視界が晴れ渡る。

いつものユーリならこの好機を逃さず、水蒸気に紛れて敵の不意を突いていただろう。だが、ユーリは剣を振るった地点で頭を押さえて佇んでいた。

(ぐっ!　……あぁヤバいな。今一瞬、熱でまた気を失いそうになったぞ。くそ……攻撃のチャンスを逃しちまった。この遠距離から魔法使いを相手にするのは厄介だな)

ユーリが憂鬱な表情で思案を巡らせていると、ガンドルが進み出てきた。

「一騎討ちで俺と手合わせ願いたい」

ガンドルが願い出たことに仲間達は驚愕する。

「ガンドル!　何考えているんだ?」

「そうよ。私らの魔法でけん制しつつ攻めたほうが……」

魔法使いのカリナとイランが異を唱えた。

「……リーダーのガンドルの判断ならば従うべきだろう」

反対に剣を構えたもう一人の男性は、ガンドルの意見を肯定する。ガンドルはユーリから視線を外すことなく、その声の相手に言った。

「ルラン、ここは俺が引き受ける。カリナとイランを連れて先に行け」

「それは構わないが……お前は、大丈夫なのか?」

「……」

「……分かった。こっちは何とかするから、後で必ず追って来いよ」

ガンドルからの無言の回答を受け取ったルランは頷き返すと、魔法使いのカリナとイランを連れて、来た道を引き返していった。

ガンドルとユーリは、互いの隙を窺いながら静かに向き合っていた。

「ごほっ……一つ聞いてもいいか? なんで、一番勝率が低い選択をしたんだ?」

沈黙を破ってユーリが口を開く。

「ハハ……君の剣筋を見た時に実力の差は分かったよ。あのまま全員で戦っても、勝率は十パーセントを切るだろう、と。ここは一騎討ちで仲間を逃がすのが最善手だと判断したんだ」

「……なるほどな」

「……それで一つ頼みたいんだが、いいかな?」

「ん?」

「もし俺が負けても、仲間達は追撃しないで欲しい」

「カッコいい願い事だ……ごほごほっ……」

れば、戦いを挑んだり、追ったりすることもなかったんだぞ?」

「多くの衆人環視と四カ国の要人達が見守る中だ。一度、剣を向けた相手から逃げ出したとあって

は体裁が悪い」

「まぁ……別にいいけど。ごほごほ……さっさと終わらせるぞ。剣を抜けよ」

ユーリが剣を構えて言うと、ガンドルは首を横に振った。

「この体勢で問題ない。俺の剣術は、神速の抜刀と言われる『ウリュウ剣術』だからね」

「へぇ……ごほ……抜刀術か。面白いな」

「ん? アレ? 抜刀術って、日本で編み出された剣術の一種じゃなかったっけ? あ……そうか。

もしかすると、日本の剣客も異世界転移していたのかも)

ユーリは独り合点すると、一呼吸置いて口を開いた。

「来いよ……」

(……って、抜刀術は受けの剣術だったな。しんどいが……少し、動くとするか)

ユーリはふらつく足取りで、ガンドルの居合の技が届くギリギリの地点まで接近して立ち止まる。

だが、ガンドルがユーリに攻撃を仕掛ける気配はなかった。ユーリの誘いには応じず、ガンドルも冷静にユーリの出方を探っているようだ。

「……どうしようかな、ちょっと試すか……【ハンド】」

ユーリが【ハンド】を唱えると、周囲の地面に落ちていた石が浮き上がりガンドルに飛来した。

これは無魔法の一種で物体を自由に操れるのだ。

この攻撃にガンドルは俊敏な動きで反応し、自身に襲い来る石を容易に撃ち落としていく。

──カンカンカンカン!!

それは、肉眼では捉えられないほどの剣速だった。

ユーリはガンドルの剣の腕前を見て感嘆した。

「ごほごほ……なかなかやるな」

「はぁー。まだまだ……!」

ユーリによる石礫の攻撃が止むと、ガンドルは剣を鞘に仕舞って一息吐く。

「うむ……なかなかカッコいいな。今度やってみようか……それにしても抜刀術には、どんな剣技があるのだろうか?」

ユーリは剣を持ち直して、ガンドルの間合いに一気に入り込んで剣を振るった。

──ガキンッ!

二人の剣が交わり激しい火花が散った。恐るべきスピードで襲い掛かるユーリの一刀をガンドル

が辛うじて受け止める。

「お、やっぱり速いな」

「うぐ、なんて重い剣だ……【牡丹（ぼたん）】」

その体勢のままガンドルは【牡丹】という剣技でユーリの剣を受け流すと、目にも止まらぬ反撃に出た。しかし、ユーリも負けじとガンドルから繰り出される剣を受け流す。

そうして一進一退の攻防戦が続いた。

「よっと」

しばらく目にも止まらぬ剣戟があった後、ユーリはガンドルの剣を受けて弾き返すと、間合いを取った。射程距離の外へ出たユーリを、ガンドルも追撃しない。

「抜刀術は受けの剣術だと本で読んだことがあったが……本当だな」

「一太刀くらいは……と思っていたけど、かすり傷一つ付けられないとは」

「ごほごほ……なかなか、面白いな」

「……一つ聞きたいんだけど。いいかな？」

「ん？　なんだ？」

「君は最高の一振りに到達しているのか？」

「ごほごほ……なんだそれ？」

「……そうか。君の国ではそういう剣技はないんだな……上段の構えから真下に振り下ろす剣技なんだが」

「ん？　それは【山割り】とは違うのか？」

「見た目は同じだ。【山割り】は、インパクトの瞬間、全身の体重と腕力を最大限に発揮させる打撃の必殺剣。俺の言う最高の一振りとは、自分が修得した剣術の粋を凝縮した渾身の一撃だ。使用者によって威力が異なるので固有の名称はなく、その剣術者が自ら名を付けるのが通例となっているよ」

「ほう……しかし、お前が言うようなら、その剣技はやりようによっては誰にでも習得できそうだけどな？　そんなに難しいのか？」

「……やってみれば分かるよ。自身における最高の力と最高の技術の両方を妥協せずに一振りに込めるのは、すごく難しい」

「ごほごほ……確かに言われてみると、そうかもしれないな。最高の力で振り抜いた剣に技術を挟み込むというのは、右を見ながら左を見ろ、と言われるのと同じことって訳か。面白いことを教えてくれてありがとよ……ただ、ヤバい……また、体が重くなってきやがった。そろそろ決着をつけるとしよう」

「そうか……」

「じゃ……悪いが魔法を使わせてもらうぞ」

「来るなら来い！　受けてみせる」

【ウォーターボール改】

ユーリは手を前に突き出して魔法を唱えた。すると、周囲から出現した水が空中で寄り集まり巨大な水の塊に変わった。ユーリは魔法の狙いを定めると、その水の塊をゆっくりとガンドルに向けて放った。

「なめているのか！　こんなもの！」

「どうかな？」

ガンドルはユーリが放った水の塊を容易に両断した。ところが、ユーリの真の目的は別のところにあったらしい。ガンドルによって切り裂かれたかに見えた水の塊は、なんと、周囲に飛び散ることなく彼の剣にまとわり付いた。更に、そのままガンドルの全身を呑み込んでいく。

「な……なんだこの魔法は！　アババ……グハ」

ガンドルは体にへばり付いた水の塊によって成す術なく呼吸困難に陥った。

ユーリらしい、実にえぐい魔法である。

「ごほ……本当に体がしんどくなってきた」

こうしてユーリはガンドルの気を失わせて無力化すると、【ウォーターボール改】の魔法を解除し、彼の両手両足を縛ってダンジョンの端に寄せた。

だが、勝利の余韻に浸ることもなく、ユーリの体調はますます悪くなる一方で、ついにはダン

122

ジョンの壁にもたれて座り込んでしまう始末だった。

◆

「ふぅ……」

クリムゾン王国の王宮筆頭魔導師であるリーシュ・クラウンは、闘技場内にある応接室のような場所で溜息を吐いていた。

彼女の傍にはもう一人の女性――シャンゼリゼ王国最先端魔法技術チームの副リーダーを務めるマチルダ・コリンの姿がある。

二人は紅茶を飲みながら投影機のような魔導具によって白い布に映し出される騎士交戦の様子を眺めていた。

「ユーリ・ガートリンについて知っている情報は、本当にないのですか?」

「何度聞かれても、知らんもんは知らん」

「嘘ではありませんね?」

「もちろんだ。何度この問答を繰り返すんだ」

「各国とも魔法技術においては秘匿する部分もあるでしょう。ただし、この場合は隠し立てすると、四カ国平和協定に大きな亀裂を生む恐れがありますよ?」

「分かっている。だが、お前の主張する新魔法が開発されたのなら、もっと秘密裏に軍事転用されているはずだ。あんなに多くの大衆の目に晒された場所で使う訳がない」

「む、確かにそうかもしれませんが……」

「そもそも彼は……あっ！」

反論を述べようとするマチルダを遮ったものの、何か思い当たる節があったのか、リーシュは声を呑んだ。その挙動を不審に感じたマチルダが間髪を容れず問いかける。

「彼は何ですか？」

「いや、なに……彼が騎士学校の生徒ならば、その管轄者であるノアの爺様に話を聞けば、何か情報が得られるのではないか？」

リーシュの指摘にマチルダは目を伏せた。

「もちろん、ノア様にもそれとなく伺いました。しかし、『たまたま偶然ではないか？　もしくは魔導具の誤作動じゃろう』と言われてしまって」

「うむ。確かに、そう考えるのが妥当だろうな」

「ノア様の仰る通り、一、二体なら誤作動の可能性はあるでしょう。ですが、あのユーリ・ガートリンとの闘いにおいては数が多過ぎます」

「彼の足元には三十体以上のゴーレムが転がっていたな。やはり、今のこの状況では騎士交戦が終わった後に、石くれになったゴーレムを回収して調査する以外ないのでは？」

「……それで何か有力な手掛かりが発見できればいいのですが」

「まぁ……その可能性は低いだろうな」

「それとも彼を尋問にかけるか？　もっとも、ノアの爺様が許すとは思えんがな」

「はぁ……ですよね。本当にどうにかなりませんか？　私の上司もずっと彼の存在を気にしているんですよ」

「うむ」

「……頼みますよ。私とリーシュの仲でしょう？　技術交流会議では譲歩しますから」

今でこそ、こうしたざっくばらんな会話が出来るようになった二人だが、そもそも四カ国平和協定が締結する前は互いに殺し合う宿敵であった。むしろ、だからこそと言うべきか、戦後は同じ魔法使いという立場で顔を合わせると妙にウマが合ったのだろう。

リーシュとマチルダは、他国の主要な魔法使い同士という関係でありながら、四カ国平和サミットの期間中に開かれる技術交流会議などでは、しばしば互いのプライベートなことも含めて情報を交換していたのだった。

「むむ……。それならロイに頼んでみるか」

「ロイ？　それって、貴女の今の彼氏じゃない？　なぜ彼の名前が？」

「ああ、ロイはユーリ・ガートリンが暮らす男爵家で働いているんだ」

「そうか。そこまでは聞いていなかった」

「……って、なんでその話を知っているんだ？　私が彼と付き合うことになったのは、つい先々週のことだぞ？」

「……もちろん、貴女は他国の重要人物だから情報は集めているわ。えーっと、十五回目のデートの後、トワール・リングリアスというレストランで食事をして、ダレンキオ橋で夜の海を見ながらロイに告白された。そして、その愛の言葉は……」

「わーわーやめろ！　やめろ!!　私とロイの情報は消去するよう要求する！」

リーシュは顔を真っ赤にしてマチルダの言葉を遮った。しかし、マチルダは鼻息を荒くして取り乱すリーシュの様子を冷たく一瞥し、つまらなそうな顔でソファに背を預けた。

「あーぁ、これで私とリーシュの独り身同盟も破綻か——」

マチルダは生まれつき類まれな魔法の才を持ち、知能指数も高く仕事も早い。それゆえに魔法技術の向上に多大なる功績を残しつつ、二十六歳という若さでシャンゼリゼ王国最先端魔法技術チームの副リーダーという地位に就けたのだ。

だが、頭がキレて仕事の出来る女性にありがちな例に洩れず、彼女は同僚の男性には煙たがられており、出会いの場もなかった。時折、言い寄って来る男性がいても、そのほとんどがマチルダの財産目当てという碌でもない輩ばかり。そのため、もうすぐ三十代に突入しそうな現在でも、完全に売れ残ってしまっていた。

つまり、彼女はそのおかげでいろいろと拗らせていたのだ。

126

とはいえ、リーシュ・クラウンの境遇も似たようなものであった。同じく二十代の若さでクリムゾン王国の筆頭魔導師という高い役職に就き、男性経験もロイと交際するまでは皆無に等しかったがため、その影響もあってマチルダと波長が合っていたと言える。

一言でいえば、彼女らは高学歴ハイスペック拗らせ女子仲間、であった。

「ユーリ・ガートリンとの接触は何とか調整してみる……だから、私に関するプライベートな情報を消去しろ。それが条件だ！」

「頼みますねー。あーあ、もう貴女とお酒を飲んでも美味しくなさそうで寂しいわー」

「まぁまぁ……この業界で同世代の女性って少ないんだ。これまでの関係は続けていこう」

「それなら私にもいい男を紹介しなさいよー！」

「う……それは難しいかも。私が男に奥手なのは、マチルダが一番知っているだろう」

「それは、まあーそうよねー。だって……今の彼氏と付き合うのにもデートを十五回も重ねなくちゃいけないんですものねー」

「う……それはそうだな。……あのな。でも、でも……‼　さっきの情報は、ユーリ・ガートリンに引き合わせたら、ちゃんと消してくれるんだろうな？　約束だぞ⁉」

「まぁ……それが実現すれば、シャンゼリゼ王国最先端魔法技術チームが管理している資料は消してあげますよ。ただ、私の頭のデータベースには一回目のデートの内容から、どんな会話をしたかの履歴まで完璧に残りますが」

「わー!! その記憶も消せと言っているのだ!」

「それは頭のいい私には難しいことですね……そのうち小説にでもして、辱めてやるわ……ふ
ふふ」

「それ! 絶対にダメなやつ! 分かった! マチルダにも、いい男性を紹介できるように目一杯
の努力をするから!!」

そんなこんなで、二人のアラサー女子の拗らせトークは続き——。

最終的には、リーシュがマチルダに折れる形で話が纏まったのだった。

それは今後のユーリに関わってくる問題でもあるのだが……これもまた別の話である。

◆

ポワゼル王国のガンドルとの戦闘を終えて三十分が経っていた。

ユーリは熱のために朦朧（もうろう）としたまま、ダンジョンの壁に寄りかかるようにして座り込んでいた。

そんな中、突然、ユーリがカッと目を見開いた。どうやら誰かが近づいて来るらしい。微かだが
複数の足音がユーリの耳に聞こえてくる。

「ごほごほ……次から次へと出て来やがって……うーん、どうしたものか? さっきよりも関節が
痛くなって、更に動くのが辛くなってきたんだけど。 しかも、気配を感じた限りだと、かなりの強

敵だなぁ。あぁーすごく面倒臭い。もう勘弁して欲しいんだけど……。でも、この相手は許してくれないだろうなぁ。ってゆーか……いったい、何で俺ばっかりこんな貧乏くじを引かされるんだ？ちょっと腹が立ってきたぞ！　くそっ！　あー理不尽だ！　俺、なんか悪いことしたか!?　もーなんなの、いったい……って、アレ？　妙だな……あまりにムカついてきたせいで、体が少し軽くなった？」

ユーリはぶつぶつ愚痴を零しながら、まだ少し鈍く痛む頭を押さえながら立ち上がった。我が身に降りかかる不幸な状況によって、怒りが沸点に達したおかげだろうか。体調の悪さを忘れてしまったかのように体が動く。そんなユーリの瞳に他国の選抜者である四人の男女の姿が映り込んできた。

「ひぃ……化け物」

「くぅ……」

ユーリの強烈な殺気を感じて、四人のうち二人の男女が悲鳴を上げて逃げだした。だが、ぼやけたユーリの視界の中には、バトルアックスを構えた男と杖を持った女が残っている。その気配から二人とも相当な実力者であることが分かった。

普段のユーリなら勝てたかもしれないが、今の体調では分が悪い。しかも、男の後ろで魔法を唱える準備をしている女の実力は、男の能力を遥かに上回っている。

（開会式では姿を見かけていたはずだが……。ここまで力のある選抜者はいなかった。俺が何も

感じなかったということは、俺の『足枷の指輪』みたいな魔導具で力を制御していたのかもしれない）

ユーリが怪訝な面持ちで相手の実力を計りかねていると、バトルアックスを構えた男が口を開いた。

「俺はアラン・シェハート。そして、こっちがルリアだ。お前が、ユーリ・ガートリンだな？」

「ん？　なんで、俺のことを知っている？」

「お前の存在は、俺の師匠であるエリン・シュルツから聞いている」

ユーリはピクリと反応して目を細めた。アランは更に問いかける。

「シュルツ……？　まさか、エルフとかじゃないよな？」

「そうだ」

「……聞きたいことがある。今、その人はどこにいるんだ？」

「二カ月前、忽然（こつぜん）と姿を消したよ」

「そうか……それで、俺になんの用だ？」

「俺がお前を倒しに来た」

「は？」

突拍子もないアランの言葉にユーリはぽかんとした。

すると突然、アランの背後に控えていた青髪の女性──ルリアが沈黙を破ってアランを罵（ののし）りなが

130

らその頭を小突き回した。

「馬鹿！」

「あで！？」

「馬鹿！」

「あで！？」

「馬鹿！」

「あで！？」　なんだよ！　急に！　ルリア、頭を叩くのはやめてくれ！」

「馬鹿！　『俺が』じゃないでしょ？　『俺達』でしょ？　もーチキンのアランが一人で、こんな化け物に勝てる訳がないじゃない！？」

「あで！　……すまなかった。すまなかった。『俺達がお前を倒しに来た』でした。……アレ？　なんだ？　いきなり空気が変わった？」

アランは頭のたん瘤を押さえながらユーリに視線を向けた。

ユーリは額の血管が浮き出るほど眉間に皺を寄せて怒りに震えていた。

「こっちは頭がガンガン痛いってのに……イチャイチャし始めやがって」

「お前には、これがそう見えるのか！？　……まぁいい、やる気が出たようだし……ただ、ここはちょっと狭いな。もう少し戦いやすい場所へ移動しよう。こっちだ」

「あーハハ……なんか、急に元気が出てきたぞ……ランナーズハイというやつだろうか？　いや、

違うか？　まぁいい、分かった。面倒だが相手をしよう。コテンパンにしてやる！」

ユーリ達は広いホールのようなフロアに移動した。

「お前は聖具を使わないのか？」

「俺の聖具は多くの人間が見ている場所で使うべきものではないんだ。それに手加減が難しいんでな」

ユーリの奥の手に関するアランの質問に、ユーリは軽く挑発するように答えた。

（こういう単細胞は、挑発には乗りやすいんだよな……）

ユーリの思惑通りにアランの眼光は鋭くなった。しかし、隣にいたルリアが一時の感情に流されそうになっているアランの頭に再び拳を振るった。

「……必ず本気を出させてみせる！　……あで!?」

「お馬鹿！　何熱くなってんだか……力の差も見極められないの？　ユーリとかいう人間は本当の化け物。私達は感情に引っ張られる余裕は一切ないの。分かった？」

「分かった。分かったから！　拳を振り上げるのは、やめてくれって」

少し怯えた顔でアランがルリアを宥める。

「分かれば、分かればいいのよ。ふぅ……じゃ私は龍の姿に戻るよ」

（……龍だと!?）

ルリアの台詞を聞いて、ユーリの体に緊張が走った。

と、その時——。

ルリアの力が膨張し、その体が青い鱗へと変貌を遂げていく。みるみるうちに体長が三メートルほどに大きくなり、頭部からは透き通った水晶のような鋭い角が生えた。

龍に変身したルリアに斧を持ったアランがすかさず跨った。

「ヒュー‼」

ルリアは威嚇するような鋭い鳴き声を上げ、羽を羽ばたかせて飛び上がった。

「そうか、龍騎士だったか。まさか、こんなところで戦うハメになるとはな……となると、制空権はあっち側にあるって訳か」

ユーリは集中力を高めるため瞑目し、それからゆっくりと目を開いた。神経を研ぎ澄ませつつ、手に持った剣を何度か振って体の動きに不都合がないか確認する。

「ヒュッ！ ヒュッ！」

ホールの天井付近まで達したルリアは、何度か鳴き声を上げた後、ユーリに向けて大量の泡を口から放出した。

「俺に目くらましの遠距離攻撃なんて通用しないぞ。視界を奪ったところでお前らは気配を消し切れていない。俺の脅威になど……」

「力を貸してくれ！ 【グラデット】」

ユーリはアランが聖具を開放するのを感じて息を呑んだ。　彼が抱えているバトルアックス――

『グラデットの斧』が薄い光を発している。

「ヒューッ！　グラデット、あまり斧を大きくしないでよね……バランスが取りづりゃいんりゃから。……っっ！　噛みましゅ……この姿で人語をしゃべりゅのは、むりゅかしい」

「ぷふっ」

「アラン。今、わりゃったよね？」

ルリアは怒ったのか、羽を強く羽ばたかせて背中に乗っているアランを揺らした。

「わ、悪かった！　可愛かったから、つい……」

「……っっ。もういいから、はりゃく準備を」

「うん。準備は整った……【望英】」

アランが【望英】と呟いた瞬間、『グラデットの斧』が発していた光が強くなった。それに対して、ユーリはご立腹な様子である。

「また、ラブコメ始めやがって！」

ユーリは二人を睨みつけて剣を構えた。

「今のがラブコメに見えるのか！」

「俺を蚊帳の外に置きやがって……ぶった切ってやる！」

「……では、行くか。伸びろ！」

134

『グラデットの斧』の柄の部分が、ゴォッと空気を切る音と共に急速に伸びて、ユーリに襲いかかった。

「……！　なかなか強烈だ」

「まだまだだよ……!!」

ルリアがユーリに向かって滑空し、【ウォーターブレット】を口から吐いて畳みかけるように攻撃した。

アランは次の一手に備えて、『グラデットの斧』をもとのサイズに戻した。

ルリアの【ウォーターブレット】をユーリは剣で防ぐ。

続けざまに繰り出されるアランの斧とユーリの剣が激しくぶつかり、重い金属音がホール内に鳴り響いた。だが、ユーリは勢いのついたアランの斧の強烈な斬撃を殺しきれず、ホールの端にまで吹き飛ばされる。

「面倒だな」

力で押し負けたというのに、ユーリは唇を舐めると不敵な笑みを浮かべた。

それからしばらくの間、アランとルリアのコンビネーションによる猛攻を浴び、ユーリは防戦を余儀なくされていった。

ユーリとアランが戦い始めて、ちょうど十分が経った時だった。

激しさが増す戦闘の中で、ユーリは状況を打開する秘策を考えていた。

（ガンドルが言っていた剣技……最高の一振りか……これだけ広い空間があれば出来るかもしれないな。確か、剣技の名前は自分で決めるんだったか。名前……名前な……。そうだ！　どんな暗い夜にも光をもたらす……そうしよう。名前も決まったし。一丁、試してみるか）

ユーリは考えを纏めると、アランの斧を押しやって後方へ飛び退った。

「じゃ……やるか」

ユーリは剣を掲げて目を閉じた。そのまま身動き一つせず集中力を高めていく。その構えは一見すると、隙だらけのようだった。

けれども、化け物じみた能力を持つユーリが相手だ。ルリアとアランは用心して遠くから様子を窺っていた。

「ありゃん」

「ルリア、すまんが俺の名前はそんな可愛い系じゃないぞ」

「う……噛みまみた……って、しょんなことより、アラン……何かやりょうとしているのかな」

「そう……だな。俺にも感じる……何かやろうとしている。魔法か……それともあの男の持つ武器によるものか？　何にせよ気をつけろよ、ユーリ・ガートリンの剣の有効距離から遠く離れたというのに、俺の本能が動くなと言っている」

「アラン……」

「分かっている」

ルリアとアランは、いつでもユーリからの攻撃を回避できるように警戒心を強めた。

対してユーリは一呼吸置くと目を開く。そして一言、最高の一振りの剣技の名前を呟いた。

「剣技【一星】」

刀身が霞んで消えたように見えた刹那、ユーリによって振り抜かれた剣の斬撃が空気を鋭く切り裂いた。

――ぶぅぉんっ!!

剣が軋むような音を響かせる。同時に、軌道上に可視できるほどに鋭く圧縮された斬撃が形成され、凄まじい速度で直線状に伸びていく。

「アラン! 【ウォーターシールド】」

「ああ! 【シールド】」

刹那の間に迫りくる斬撃をルリアとアランは回避不可と判断して声を掛け合う。そして攻撃を受けるために防御系の魔法を展開した。

ところが、ユーリが放った斬撃は、彼らが作り上げたシールドをバターのように容易く切り裂いていく。間髪を容れず、アランが『グラデットの斧』を巨大化させて盾代わりに使用することで、からくも斬撃の軌道をホールの天井に変えて難を逃れた。

それでも斬撃の勢いは完全に殺せず、アランとルリアは吹き飛ばされてホールの壁に叩きつけられてしまう。

その一方、一刀から生まれた斬撃は弱まることはなくホールの天井に達すると、強固なダンジョンの壁を破壊して上空へと消え去っていった。

ちなみに、このダンジョンは騎士交戦の後、有事の際に住民を避難させるためのシェルターとして使用する予定だった。それゆえに、ダンジョンの壁は非常に頑丈な鉄鋼の板を幾つも重ねて作られている。つまり、いかにユーリの放った斬撃の威力が凄まじいかが分かるだろう。

「ハハ、想像以上だ。うっ……！」

剣技【一星】の一刀に全力を注ぎ込みすぎたせいか、ユーリはバッタリと仰向けに倒れてしまった。剣を握っていた手は小刻みに震えている。

「しかし、もっと改良の余地がありそうだな。なんたって、この剣は重すぎる。剣自体に鋭さがないし……それに……！」

自身の震える手のひらを眺めつつ、ユーリの顔には薄らと笑みが浮かんでいた。

「この剣技に魔法を組み合わせたら、もっと威力を倍増できるに違いない……うん、楽しみだ……。

だが、俺の体力も……ここまで……だ……な」

ついに、そこでユーリの意識はぷっつりと途切れた。ホールの天井に開いた穴から漏れる柔らかな光が、ダンジョンの地面に倒れたユーリの額に降り注ぐ。その顔には、戦士の休息とも言える穏

やかな表情が広がっていた。

その後の騎士交戦では、最終的にクリムゾン王国が優勝を果たした。

なぜ、そのような結果に至ったのかと言うと、一つはユーリが多くのゴーレムを破壊した上、四カ国のうち二カ国の主力メンバーを打ち負かして得点を稼いだからだ。

更に、クリムゾン王国の選抜メンバーであるリムとラーナが、魔法先進国のシャンゼリゼ王国のチームと激闘の末に勝利を収め、最下層まで一番に辿り着いたのも大きな勝因だろう。

この戦いの詳しい話を語るのは——また、別の機会に委ねるとして。

そんな中、ユーリは騎士交戦が終わっても目を覚ますことなく、高熱にうなされたまま昏々と眠り続けていた。

第四話　裏表

騎士交戦が幕を閉じてから一週間後。

モザンク島で開催中の四カ国平和サミットも中盤に差し掛かろうという頃、フランデンベルの街にあるリリアーヌ教会では、ポワゼル王国のパダルカ王子とテレシア・ワレンチナによる婚礼の儀が執り行われようとしていた。

リリアーヌ教会は、白い石を積み上げた四つの塔を左右対称に配置した建物だった。その石の細部には美しい彫刻が施されている。

今、教会内の大聖堂では、神父の前にパダルカ王子が父親のポワゼル王国の国王と一緒にやって来るところであった。荘厳なステンドグラスからは外の陽光が射し込み、パダルカ王子の金色の髪をきらきらと輝かせている。

その後方にある扉がゆっくりと開くと、招待客達が立ち上がり、そちらのほうへ視線を向けた。

純白のドレスを身に纏ったテレシアの姿に、リリアーヌ教会に詰めかけた招待客の誰もが息を呑んだ。

同時に、儀式の始まりを告げるバイオリンと横笛の華やかな音色が音楽隊によって奏でられる。

会場を盛り上げる演奏が響き渡る中、父親に手を引かれてやって来る美しいテレシアを目にして、ある者は溜息を漏らし、またある者は声を失って見惚れていた。

「なんて美しい……」

「そうね」

「はぁ……あれが『聖女』様か……」

「聖女様だ」

「お父様……僕もアレくらい美しい人が欲しいな」

「馬鹿！　黙っていろ。お前には手付きが何人もいるだろうが」

などと、結婚式の招待客の声が小さく聞こえてくる。招待客の中には、ノアやテレシアの魔法の師匠に当たるアーリー・クリス、そしてテレシアと主従契約を結んでいるパトラの姿もあった。パトラの実体はフェンリルだが、今は人の姿を取っていた。

テレシアは淑やかな足取りで招待客の傍を横切り、神父と国王、パダルカ王子のいるところまで辿り着くと、王子の隣に立って神父と向き合う。

「では、始めましょうか」

神父はテレシアとパダルカ王子を見据えながら言った。

バイオリンや横笛で奏でられていた演奏が厳かな曲調に変わる。

こうして神父の進行により婚礼の儀が開始された。

神聖な空気の中、儀式はいよいよ誓いの言葉を交わす場面に至った。

神父はまず、テレシアをまっすぐに見据えて問いかける。

「汝、テレシア・ワレンチナは、この男パダルカ・ファン・ポワゼルを夫として、良き時も悪い時も、富める時も貧しき時も、病める時も健やかなる時も、共に生き、死が二人を別つまで、愛を誓い、夫を想い、夫のみに寄り添うことを神聖なる婚姻の契約のもとに、誓いますか？」

神父の問いを聞き、テレシアは意を決して口を開こうとした――。

その時だった。

突如、神父の頭上に禍々しい黒煙が立ち込めると、空間が切り裂かれてソレは現れた。

――ソレは人々に恐怖を与える存在。

――ソレは人々に絶望を与える存在。

――ソレは人々に終りを与える存在。

「フヒフヒ……ここはどこですかねぇ？　この辺りに魔王様の心臓があると聞いていたのですが」

聞く者の魂を凍らせる不気味な声が教会の大聖堂に響き渡る。現れたのは、タキシードのような服を身に纏った黒髪の男だった。だが、羊に似た角を頭部に生やし、蝙蝠を連想させる大きな羽を

142

背中から伸ばした黒い肌の男が人間でないのは明らかだ。しかも、全身には地獄の焔の如き黒い煙を纏っている。

襲撃者の正体は——魔族のカルゲロであった。

カルゲロが姿を現した瞬間、その場の空気が一変した。

カルゲロの放つ邪悪で禍々しい威圧感に当てられたのであろう。教会に居合わせた大勢の招待客達が泡を吹いて気を失い、バタバタと倒れていく。その驚異的な威圧感は教会の建物の壁や床を激しく軋ませ、ステンドグラスに亀裂を走らせた。

「ぎゃー嫌だ！　嫌だ!!」

「死にたくないいいい!!」

「だす……助けてぇー!!」

今回の結婚式には多くの国の王族が出席していた。そのため各国でもトップクラスの実力者達が首を揃えて彼らの護衛の任務に就いていたのだが、そんな指折りの使い手達ですら、恐怖のあまり責任を放棄して逃げ惑う始末であった。

一縷の望みに縋り、命乞いをする人々の阿鼻叫喚が渦巻く中、正常な意識を保っていたのは僅かに五名のみ。

『神速の一閃』と呼ばれている騎士ルルーシュ・リールとノア、アーリー、パトラ。そして、昏倒したパダルカ王子を抱え、恐怖に顔を歪めているテレシアだけだった。

「うるさいですね……」

カルゲロは不満気に眉間に皺を寄せ、虫けらを見るような目で奇声を上げて逃げ惑う護衛達を一瞥した。その瞬間、カルゲロの周囲に漂っていた黒い煙が一気に拡散して彼らに襲いかかる。

逃げ惑う護衛達の皮膚や衣服のみならず、椅子や机など触れるものなら何でも腐食させてしまう黒い煙の毒気を目の当たりにして、ノアとルルーシュは王族達の守りを固め離脱を試みた。

「こりゃ……ヤバいの」

「ノアの爺！　その顔は何か心当たりがあるな!?　なんだ、あの化け物は!!」

血相を変えたルルーシュがノアを問い詰める。

「今はそんな議論をしている場合ではないだろう……【シールド】!!」

アーリーは、やれやれといった様子で無魔法の【シールド】を唱えると、護衛対象である王族や貴族達が黒い煙に呑み込まれるのを防いだ。

「何……アイツ!?」

アーリーの隣に座っていたパトラが、震える手でアーリーの服の袖を掴む。

「そうね。おそらく、アレが魔族なんじゃないかしら」

アーリーはパトラの震える手を優しく握り締めた。

「パトラ、貴女は……この倒れている王族と貴族達を運ぶのを手伝ってちょうだい」

「けど……!　私がテレシアを守ってあげないといけないんだよ!!」

144

その時、アーリーは虚空を見つめてニヤリと意味深な笑みを浮かべた。

「……ようやくお着きのようね」

「え……？」

アーリーの呟きを聞き、パトラが首を傾げる。

「大丈夫よ、もうすぐ本物の英雄が登場するから」

アーリーは何やら自信ありげに言い放つと、ルルーシュとノアに協力しながら、床に倒れた人達を魔法で助け起こしていった。

「フヒフヒ、うざったい抵抗ですね」

カルゲロは黒い煙の威力を高めるため前方に手を突き出した。すると、勢いを増した黒い煙がテレシアを襲おうと殺到する。

しかし、黒い煙はテレシアに届かない。なぜなら、テレシアの目の前に突然光り輝く杖が出現し、黒い煙を吹き飛ばしたからである。

「おや？ おやおや？ その杖は……『セフィロトの杖』ではありませんか。昔潰したはずですが、今の持ち主は貴女ですか？」

カルゲロの瞳が不気味にぎょろりと動いてテレシアを捕らえた。

「……っ」

テレシアは宙に浮かぶ杖を手に取り、カルゲロに向けて構えた。

「フヒヒ、今ここで貴女を殺して……その杖を完全に壊してしまえば魔王様への脅威が減りますかね」

「ぐ……」

嫌らしい笑みを浮かべたカルゲロがテレシアに手を伸ばした時だった。

——バンッ!!

大聖堂の入口の扉が大きな音を立てて勢いよく開いた。

扉の向こうに立っていたのは——ユーリだった。

◆

「ハハ! いやはや、俺様が花嫁を強奪しようと来てみたら……なかなか、面白いタイミングだ。まぁ……俺様が、最高に持っている男、ってことでいいかな?」

その場の緊張感のある空気をぶち壊して、ユーリは高らかな笑い声を上げた。

いつもの気怠そうな雰囲気と異なり、奇妙にハイテンションなユーリ。彼は今、ガートリン家のメイド達が時折噂する『裏ユーリ』状態になっていた。

次にユーリはパチンと指を鳴らした。時空間魔法の【ショートワープ】を使用したのだろう。瞬

時に彼はカルゲロとテレシアの間に割って入る。

「ハハハ。俺の愛しの女性に何をしようというのかな……？　この化け物」

圧倒的に禍々しい威圧感を放つカルゲロを前にしても、ユーリは自信満々な態度だ。

そして、腰に下げていた短剣を抜くと、挑戦的な眼差しで切っ先をカルゲロに向けた。

短剣を目にした瞬間、今まで余裕の笑みを浮かべていたカルゲロが顔色を変える。

「おやおや……それは『リアンの短剣』ですね？　いいでしょう。魔王様の害となる存在のようだ。

まずは、貴方から終わらせてあげましょう……」

カルゲロはユーリに手を伸ばそうとした。アーリーが咄嗟に【シールド】を動かして二人の間に展開させたが、それもカルゲロが容易く壊して、ユーリに魔法を放とうとする。

ところが、カルゲロの攻撃よりもユーリの速度のほうが上回っていた。

「オートファージ・ファースト」、【パーティゴ】発動。まぁ、すぐに戦いたいところだけど……ちょっとそこで待っていてくれよ」

ユーリの放った魔法によって大気が冷やされ、瞬く間にカルゲロは、周囲に現れた分厚い氷の壁

に覆われてしまった。

【パーティゴ】は、時空間魔法と重力魔法、更には氷魔法と無魔法の特性を掛け合わせて、相手を氷の檻に閉じ込める魔法である。ユーリはその拘束系の魔法の威力を【オートファージ・ファースト】を使用することで極限まで高めたのだ。ただし、【オートファージ・ファースト】は使用者の

命を縮める作用によって身体能力を上げる諸刃（もろは）の剣でもあった。

「ふぅ……とりあえず、捕まえることは出来たみたいだな。まぁ数分で出て来ちゃうだろうけど。

さて、次は邪魔な人達にご退場願おう。【ハンド】」

ユーリは周りを見回すと、無魔法の【ハンド】を唱え、倒れている王族、貴族、神父、音楽隊を一気に掴み上げてノアやアーリー達のもとに飛ばした。

それからユーリはノアに視線を投げかけて言った。

「ノア様、この教会の周辺から人々を避難させてください。誰もいない状態にして欲しい。お願いします、危ないので」

ノアは大きく頷いた。

「分かった！ ユーリも死ぬでないぞ!!」

「もちろん！ 俺はこんなところで死ぬような男ではありません！」

ユーリは胸を張ってノアに返事をした。

ノアやアーリー達はユーリにこの場を託し、意識を失った人達を肩に担いで教会の外へ運び出していく。

しばらくすると、大聖堂からはユーリ達を残して人々の姿が消えた。先ほどまでの喧騒が嘘のような静寂が訪れる。

ユーリはテレシアのほうを振り返り、彼女の前に跪いてその手を取った。

「……さて、人払いは済んだかな。待たせてすまなかったね。俺のお姫様。君が桜なんだろ？」

「まさか……貴方は椿なの？」

「そうだよ。俺を生み出してくれた愛おしい人よ」

「……この感じ、もしかして、裏椿？」

「ハハ、そう呼ばれるのは久しぶりだね。相変わらず俺様はカッコいいだろ？　最高に輝いているだろ？」

「あ、ほんとそうみたいね。私が使った催眠術(さいみんじゅつ)の後遺症(こういしょう)で出来てしまった貴方が……。この世界にもついて来ちゃったんだ」

「もちろんだとも！　もはや俺とアイツは裏表みたいなもんなんでね。そんなことより、桜……君はやっぱり美しいね。女神のようだ」

「もう、貴方は調子の良いことを……その台詞、女の子全員に言っているでしょう？」

「ハハ、とんでもない、俺の言うことが嘘に聞こえるかい？」

ユーリはテレシアに尋ねながら自分の胸元に目をやり、何やら独り言を口にした。

「……というより、むしろすごく残念に思っているよ。こんな美女を前にして、アイツは何も手が出せないなんて……」

「え、どういうこと……？　貴方、何を言ってるの？」

テレシアの問いかけに答えるように、ユーリはニッコリと笑った。それから自分の胸をドンと一

度力強く叩き、頭を下げて目を閉じた。

「俺様は他人の女に手を出す趣味はない。ほら、起きているんだろ？　ユーリ・ガートリン……いや、岡崎椿！　本来なら俺様のターンなんだが、今回は特別に少し譲ってやる。好きな女を前にしてチキってるんじゃない。お前は世界を救う男になるんだろうが。グジグジしてないで出てこい‼」

「……」

「えっと」

「あぁ……久しぶりだ」

「つ、椿……久しぶりだね」

「あーぁ。桜……」

「ハハ……あ、相変わらずだね」

頭を抱えて激しく葛藤するユーリに、テレシアが戸惑いつつ声をかけた。

その声を耳にして我に返ったユーリがテレシアを凝視する。

「やめてくれぇぇぇ——‼‼‼‼‼　いやぁぁぁぁ‼‼‼‼‼　助けてぇ‼」

「あんなん、俺じゃないいいいいいい‼‼‼‼‼　うわぁぁぁぁぁぁ‼　何が裏ユーリだよ。

そして、すぐさま体を悶えさせながら奇声を上げ始める。

数瞬の後、ユーリは目を開いた。

「ハハ……ごめん。改まって向き合うと何から話していいか。いっぱい伝えたいことがあった
のに」

「……」

「……どうしちゃったんだろう、何も……」

テレシアは下唇を噛んで、必死に泣くのを我慢しているようだった。そのテレシアの様子を見て、
ユーリは表情を曇らせる。

「桜……」

「あのーえっと」

「ふぅ、ちょっと待てくれ」

「……何?」

「えっと……すまん。まずは俺に言わせてくれ」

ユーリはゆっくりと深呼吸して天を仰ぐと、何かを決意した瞳でテレシアを見つめた。

「桜、俺はお前にもう一度会えて、ようやく理解できた」

ユーリはテレシアの手を強く握った。

それからユーリは、テレシアの体を引き寄せて宣言した。

「やはり婚約者がどうとか、まどろっこしいことはどうでもいい。すべてを敵に回してもいい。何
からもお前を守ってみせる」

ユーリはテレシアの体を抱き締めた。

もう二度と離すまいと言うように。

固く、固く――。

突然のユーリの熱い抱擁を受けて、テレシアは目を見開いて驚いたが抵抗はしなかった。

「俺は桜のことが好きだ」

ユーリはテレシアの耳元で囁くように言った。

それはシンプルな愛の言葉だった。

テレシアはきょとんとした表情を浮かべた。だが、その意味が分かるにつれて、瞳から大粒の涙を零した。次から次へと溢れ出す涙が、テレシアの頬を伝い、ドレスを濡らしていく。

「ひぐ……ひぐ……うう……ううう」

しばらくの間、テレシアはユーリの肩に顔を埋めていた。ひとしきり泣いた後、テレシアは責めるような口調でユーリの肩を叩いた。

「すん……女の子を泣かせるなんて死刑なんだから……」

「そうか、それは悪かった」

「……けど、ずっと聞きたかった言葉が聞けたから許してあげる」

テレシアはユーリの背中に腕を回して自分の思いを告げる。

「椿と一緒にいられるのなら……私もいくら虐げられようとも、すべてを敵に回したとしてもいい。

私も椿のことが好きです」

そうして二人は、お互いの顔を見ないまま抱き締め合っていた。

ユーリとテレシアの顔は真っ赤だった。

気まずい沈黙を破って、ユーリが羞恥心を抑えつつ口を開く。

「……あ、ありがとうございます」

「ふふ。なんで敬語?」

なんともぎこちないユーリの言葉にテレシアは微笑んだ。

「ん? いや……確かに、敬語は変だな。ハハ」

「そうだよ」

「……」

「……」

「好きだ」

「私も好き」

ユーリとテレシアは少し体を離して、改めて互いの瞳の奥を見つめ合った。

それから再び距離を縮めていく。

154

瞳を閉じた瞬間、二人は唇と唇が重なり合う柔らかな感触を共有した。

ユーリとテレシアの口づけを、ステンドグラスから射し込んだ美しい光が包み込む。

まるで神話の一ページを切り抜いたかのように。

ユーリとテレシアが唇を離すと、ようやく止まっていた時が動き出したようだった。

どのくらいの間、二人の唇は重なり合っていたのだろう。

呼吸を忘れたかのように長い口づけを交わしていた。

テレシアは大胆にもユーリを抱き寄せて素直な感想を伝える。

「ふふ……やっぱり。なんか、変な感じ」

「何がだよ」

「ふふ……」

「クク……」

二人は乱れた呼吸を整えながら、互いの顔を見て相好を崩した。

「私は、ずっとこのキスを夢に見ていたの」

「それなら、俺にヘンテコな催眠術かけてんじゃねぇーよ」

「う……それは。ごめん」

「……もういいよ。俺でも同じ立場なら……そうしたかもしれないし」

「ごめんね、ありがとう。私は幸せ者だね。ただ、ほっぺたを抓（つね）ったら目が覚めて、『やっぱり夢でした』ってオチじゃないか心配だな」

「じゃ、俺が抓（つね）ってやろうか？」

「ダメ。夢オチだとしても、もう少し長く味わいたい」

「何、馬鹿なことを言ってるんだか……。それは、そうと……もうあまり時間は残されていないようだな」

とても幸せな時間だった。

だが、その時間も長くは持たないらしい。

ユーリはカルゲロを封じた【パーティゴ】が破られるのを感じ、短剣と重い剣を鞘から引き抜き、二刀流の構えで氷の檻と向き合った。

「桜、そろそろヤバそうだ」

「椿、私は今……テレシアとして生きているんだ。これからはテレシアと呼んでくれると嬉しい」

「そうか、分かった。テレシア。じゃ……俺のことはユーリと呼んでくれ。もうすぐあの化け物が氷の檻を破って出て来るはずだ。いつでも奴を迎え撃てるように魔法を唱える準備をしていてくれ……って、杖を持ってるからお前は魔法を使えると思ったんだけど……使えるんだよな？」

「もちろん、足手まといにはならないわ。ただ、得意なのは治癒魔法だけどね」

「そうか」

156

——その時。

【パーティゴ】によって作られた氷の檻に大きなヒビが入った。

「フヒフヒ……なかなか、面白いアトラクションでしたよ」

大聖堂にカルゲロの声が響き渡った瞬間、ヒビの隙間から黒い煙が漏れ出して氷の檻を呑み込んでいく。邪悪な黒い煙に包まれた氷の檻は、みるみるうちに浸食されて跡形もなく姿を消した。

そして、不吉な笑みを浮かべたカルゲロが、何事もなかったように地上に降り立った。

「しかし、その短剣を持っていて、この程度の力ですか？ 【ブラック　ザ　レイン】」

カルゲロは、手のひらに強大な黒い魔力の塊を生み出してユーリ達に狙いを定めた。

「ハハ……あれはヤバイな。俺の【オートファージ・ファースト】の効果も、あと少しの間でなくなるというのに」

カルゲロが出現させた危険な黒い塊から身を守るため、ユーリは手を前に突き出した。

「耐えられるでしょうか？　楽しみですね」

カルゲロはユーリ達を嘲笑うが如く口角を吊り上げ、黒い塊を上空に放った。すると、黒い塊は周囲に飛散して細かい雨のように二人の頭上へと降り注ぐ。

「「【シールド】」」

ユーリとテレシアは、分厚い透明な壁を二枚出現させてカルゲロの攻撃から身を守った。初めての共闘とは思えないほどの息の合いようである。

しかし、その黒い雨の効果は恐るべきものだった。美しかった教会や周囲の建物はぼろぼろに腐食し、ユーリとテレシアが発動させた【シールド】も消滅させられてしまう。かろうじて二人は持ちこたえられたものの、致命傷を負わずに済んだのが幸いといったところか。

「おや、生きていましたか。人間とは分からないものですね」

カルゲロは少し感心したように背中の羽を動かすと空に飛び上がった。

「はは……笑えるくらいにヤバイな」

「本当に……美しい教会が消えちゃったね。残念だけど、さすがに守れなかった」

ユーリとテレシアはそれぞれの武器を構えてカルゲロと対峙する。

カルゲロの圧倒的な力の前に二人が窮地に陥っていると――。

突然、ユーリの聞きなれた声が教会の敷地内に入って来た。

「ふは……。アレはヤバイね。けどお兄ちゃんにだけ、いいところを持っていかれるのは癪だしね。

さあ、行くよ、ニール!」

「分かっている。だが、あれが世界の崩壊を招くという魔族……武者震いが止まらない」

アンリエッタとニールの二人だった。最近、よく剣の練習をしたり、行動を共にすることが多くなり、大分仲良くなったようだ。客観的に見ると、明らかにニールがアンリエッタの尻に敷かれているのだけれど……。

そして、更に上空からは――。

158

「ハハ！　アイツは強い！」

「そうだね。チキンのアランには過ぎる相手というやつだと思うけどね」

大斧を担いだアランが、青い龍の背に乗って現れた。

それから最後に姿を見せたのは——。

「私も後れをとる訳にはいかないのです」

「私はユーリの隣に立つんだ。置いていかれてはたまらないな」

聖具を手に持ったラーナとリムだった。

「運命は動き出したのか……師匠が言っていた『希望の子』とやらが、すべて揃ったということになるのか？」

ユーリは、カルゲロに向けた意識を途切れさせぬまま呟いた。

「これはこれは……下等生物が見事に勢揃いしたというところでしょうか？」

カルゲロは、彼らの顔を一人一人舐めるように眺めやりながら片手を掲げた。そうして新月のように口を歪めてニヤリと笑みを零すと、悍ましい殺気を周辺一帯に放出した。

殺気に気圧されてユーリ達が怯んだ一瞬の隙をカルゲロは見逃さなかった。カルゲロは表情を強張らせたユーリの目の前に瞬時に移動すると、その手を彼の喉元に伸ばす。

「フヒフヒ、まずは貴方からですね」

しかし、カルゲロの手がユーリの喉元に届くことはなかった。なぜなら、いつの間にかユーリの

隣に現れた人物がそれを阻んだからだ。

「あ……師匠」

いつ、どのタイミングでその男が現れたのか。誰も気づけなかった。

それはユーリの魔法の師匠、コラソン・シュルツだった。

唖然とした面持ちのユーリを気に留めることなく、コラソンはカルゲロを見据えて口を開いた。

「待った。君の相手は僕だよ。カルゲロ君」

「次から次へと、何ですか？　貴方は」

「僕の顔に見覚えはないかな？　貴方は……？」

「貴方は……？」

「君の相手は僕のはずだよね」

「フヒフヒ……貴方の顔……どこかで見たことがありますね」

「いや、僕はカルゲロ君には会ったことはないかな。ただ、君を封印したのは僕のお爺ちゃんのアルブ・シュルツだよね？　僕はお爺ちゃんに似てると言われて来たから、君には分かるかと思ったんだよ」

「ええ。そうですか」

「それに君の探し物……『魔王の心臓』は僕の懐の中だよ」

コラソンは懐から真っ赤に輝く野球ボールほどの結晶を取り出して掲げて見せた。

カルゲロは魔王の心臓を目にした瞬間、顔色を変えて笑い出す。

「フヒフヒ……わざわざ、用意していただけるとは、貴方は何を考えているのですか？ ただ……それを手に入れるには、まず貴方を殺さなければならないみたいですね」

「ふふ、そうだね、まあ、それが出来ればだけど。でもその前に、場所は変えたいな」

「待ってくれ。師匠」

コラソンとカルゲロの会話にユーリが口を挟んだ。そして、コラソンを引き留めるように彼の肩に手を置く。

けれども、コラソンは首を横に振ってユーリの手を振りほどいた。

「これは必要なことなんだよ」

「フヒフヒ。確かに必要なことですね。貴方との戦いは邪魔されたくないですね」

カルゲロは怖気を震う笑みを頬に張り付け、天に向かって手をかざした。すると、カルゲロの真上の空間が切り裂かれ、六体の魔物が姿を現した。どの魔物も一体一体が以前にユーリの戦ったナンバーズと同等の力を秘めているようだ。

「貴方達、周りにいる猿どもの相手をしていてくださいね」

「は！」

六体の魔物はカルゲロに頭を下げて、ユーリ達に襲いかかるべく狙いを定める。

「そろそろいいかな、【フライ】」

「フヒフヒ、そうですね」

コラソンは、重力魔法の【フライ】で空に浮かび上がりカルゲロに一瞬視線を向けると、そのまま先に空へと飛び去っていく。カルゲロは追いかけるようにすぐさま背の羽を羽ばたかせると、目にも留まらぬ速度で追いかけていった。

「師匠……俺は運命など知らん。必ず、貴方も助けてみせる」

ユーリはコラソンとカルゲロが消えていった空を見上げて呟いた。

カルゲロが残した六体の魔物はそれぞれ散らばって、脅威と認識された『希望の子』達のもとに飛んで行った。

ユーリとテレシアの目の前に現れたのは、そのうちの二体の魔物だった。ユーリは二体の魔物を見据えて口を開いた。

「うむ……俺としてはすぐにでも師匠を追いたいところだけど。てか、なんで相手二人もいるの？ ほか行ったら？ すごく面倒臭い」

「私はナンバー1……ベルストーンという名をカルゲロ様よりいただきました」

一見してその金色の髪と瞳を持つ魔物は人に見えた。身に纏う甲殻類を思わせる鎧からは、陶器（とうき）のように真っ白な四肢が伸びている。

「俺はナンバー4……ガイバルという名をいただいた。お前は俺達と戦うだけの価値があるのだ

162

ろ？」

　一方、こちらの魔物は金色の髪と青色の瞳に加えて、頭部に二本の鬼に似た角を生やしていた。肌は赤く筋肉が剥き出しになっており、手足には黒い防具を身に着けていた。

「さて、どうだろうな。それにしてもお前ら魔物のくせに流暢な言葉を話すんだな。　勉強でもしたの？」

　ユーリの質問にベルストーンが進み出て答えた。

「ふふ、そうですね。　私はカルゲロ様に作られましたが、多少、媒体となった人間の記憶が残っていますので。　その時の名はハフトールでしたか？　まぁそんなことはどうでもいいでしょう。　私はこうして神聖なものに生まれ変われたのですから」

「そうか、お前達は元人間か……じゃ『黒い魔物』の完成形ということか？」

「おや、出来損ないのことを知っているんですか？」

「ああ、もちろん、良く知っている。そうか、そうか、いろんなことが分かってきたぞ。つまり、『黒い魔物』はお前達のような魔物を作る前段階の失敗作。　人間の命をなんだと思っているんだ……。　まぁ、お前らに言っても仕方ないことなんだろうが。　やる気がない、怠惰と呼ばれる俺だが、ちょっと本気になりそうだ」

　ユーリの目付きが鋭くなった。

「おや？　雰囲気が変わりましたね」

「やはり警戒が必要らしい。かなりの強者だ」

ベルストーンとガイバルは、ユーリの表情を見て獰猛な野獣のような笑みを浮かべた。

「……テレシア、援護を頼めるか?」

「もちろん。けど……ふふ」

「何かおかしかったか?」

「ううん。だけど、本気で怒っている椿……いや、ユーリを見るのはすごく久しぶりだったから。ちょっと嬉しくなっちゃったよ」

「く……茶化すなよ。こっちは真剣なんだ」

「らしくない。失敗しないようにね」

「いいから。援護してくれるかな、【ショートワープ】」

ユーリは恥ずかしそうにテレシアから顔を逸らして、すぐさま時空間魔法の【ショートワープ】で姿を消す。そしてベルストーンとガイバルの背後に瞬時に移動し、片手に持った重い剣を真横に構えて振り抜いた。

「剣技【一文字】」

「これはなかなかの剣筋だ。しかし、鋭さが足りな……」

不意を突いたユーリの先制攻撃だったはずなんだが……。その一刀をベルストーンはいつの間にか抜刀していた長剣によって受け止めた……かに見えた。しかし、ユーリの重い剣はベルストーンの体

を長剣ごと吹き飛ばす。

「私としたことが……。こんなに重い剣を受けるのは初めてですね。なるほど……その剣を使いこなしますか。本当に恐ろしい……」

「厄介だな。【火爆】【ブランク】」

怯んだベルストーンの代わりに、ガイバルは手足につけた武具に【火爆】の魔法効果を付与しつつ、同時に唱えた【ブランク】により肉体を強化してユーリに殴りかかる。

ユーリはガイバルの防具に付与された魔法を警戒していた。だから、ガイバルの猛攻を紙一重で躱（かわ）していたのだが、強烈な踵落（かかとお）としを繰り出されたため、やむなく剣で受けとめる。

だがユーリの重い剣とガイバルの防具が接触した瞬間、防具に付与されていた【火爆】の効果が発動してユーリに襲いかかった。

「ごほ……。強烈だ。重い剣の丈夫さに助けられたな、普通の剣なら折れていた」

通常の何倍もある踵落としのインパクトによって、ユーリは後方へ吹き飛ばされたものの、何とか堪えてみせた。

その時だった。

「ユーリ！ しゃがんで！ 【ウォーターカッター】」

魔法を唱えるテレシアの叫び声で、ユーリは咄嗟（とっさ）にしゃがんだ。

テレシアは杖を真横に振り抜くと、ガイバルに向かって圧縮された水を放出した。

テレシアの【ウォーターカッター】はとんでもない威力だった。

しかも、テレシアが魔法を放つタイミングが早く、ユーリは危うく【ウォーターカッター】の直撃を浴びそうになる。

「あっぶねーだろ！　髪の毛かすったじゃねーか‼」

文字通り間一髪で魔法を避けたユーリが、テレシアを非難する。

だが、その威力は絶大でガイバルは右腕を犠牲にすることになり、ベルストーンは剣で回避する

ことでダメージは免れたものの、肩で荒い息を吐いている。

「ユーリなら絶対に避けると思ったから」

「いや、避けきれてねーから」

ユーリはベルストーンとガイバルの反撃に備えて警戒しつつ、テレシアの前に戻り文句を並べ立てる。

「けど、援護しろって……！」

「それは確かに頼んだが、仲間の命まで巻き込む援護がどこの世界にあるんだよ⁉　さっきの圧縮

した水による刃は、ダイヤモンドをカッティングできるレベルじゃねーか！」

「じゃ、私にどうしろっていうのよ！」

「敵からの攻撃で危険な場合に防御力を高める盾の魔法を使うとか、俺が突入する時に攻撃範囲の

小さい魔法で敵を牽制するとか、いろいろあるじゃん！」

166

「あ……そうか！　なるほどね」

テレシアは納得したように両手をポンと叩いた。

ユーリは思わず眉間に手を当てて低く唸った。

「どなたも油断できないですね……。　貴方達、本当に人間ですか？　私が持つ記憶では、人間とい

う生物はもっと弱くて脆いイメージだったのですが……」

ベルストーンは呆れた顔で首を傾げている。

「あぁ……俺もだ」

苦々しい表情で頷くガイバルは、顔を歪めながら切り裂かれた右腕を左手に持ち傷口に近づけた。

すると、腕の筋肉や骨がにゅるにゅると蠢き出し傷口を修復させる。

「ほぉ……さすが、ナンバーズの化け物だ。　驚異的な自己再生能力だな」

瞬く間に繋がったガイバルの右腕を見て、ユーリが感心した声を漏らした。

「やっぱり、トドメは自己再生を妨げる効力が付与された聖具でやる必要があるね。　私の聖具……

『セフィロトの杖』は、攻撃よりも治癒や除染、支援に特化しているから。　その役目はユーリにお

願いしたいな」

「そうか、了解。　あ……繰り返しになるけど、くれぐれも思いやりのある援護を頼むからな」

「それは分かってた！」

「分かってなさそうだから言ってるんだけどね……この、ど天然め！」

「わ、私は天然じゃないってっ……！」

「自覚がないんだろうな。天然だし……」

「可愛い女の子をからかいたい気持ちは分かるけど！　いじめすぎると死刑だからね！」

「ぷ……このやり取りも懐かしくなってくるな」

「ふふ、そうだね。目を覚まして『セフィロト』」

テレシアは、薄く輝き出した杖を二度クルクルと振ってから天に掲げた。

【日輪】

杖をテレシアがユーリの下半身に向けると、光の粒子がそこへ纏わりついていく。

「おぉ……！　なんか足が軽く動くようになった」

【日輪】は一時的に他者の肉体を保護したり強化したりする魔法よ。だけど、自己強化する【プランク】よりも、体の扱いが難しいと思うから気をつけてね」

「あぁ、ありがとう、テレシア。それじゃ行ってくるよ。……さあ、起きてくれ『リアン』」

ユーリが持っていた聖具の『リアンの短剣』が薄く光り出すと、彼の頭の中に短剣の声がした。

『ふぁふぁ……もう少し優しく起こして欲しいのだがな』

「悪いね。だが、こいつらを速攻で片付けて、師匠のところに行かなくちゃいけないんだ。【オートファージ・セカンド】、【プランク】」

ユーリがリアンの短剣を構えながら魔法を唱えた瞬間、その姿が霧のように掻き消えた。

先刻前より格段に高められたパワーとスピードによるものだろうか。ユーリが立っていた地面に数瞬遅れてクレーターのような跡が生じた。

その刹那、ユーリは自分の思考速度が上がり脳内回路が圧縮されていくのを感じた。

「なん……だ……と⁉」

爆音を上げて肉薄するユーリの動きにガイバルは狼狽した。ガイバルは何とかしてユーリに致命傷を与えようと拳を繰り出すが、その我武者羅な攻撃は、ユーリの超絶的なスピードによって容易く躱されてしまう。焦りの色を濃くしたガイバルの拳がユーリの残像を貫いた隙に、彼はその懐に飛び込むと勝利を確信した。

「ちょっと気持ち悪いくらいに早く動けるな、【別解】」

ユーリの素早い動きに対応できず翻弄される一方のガイバルは、いつの間にか相手の短剣が自分の胸元に突き立てられているのを目にして愕然とした。胸部には綺麗な円形の穴がぽっかり開いている。ユーリがガイバルの胸に刺したリアンの短剣の効果だった。短剣の技の一つである【別解】には、指定した空間をちょっと先の未来まで飛ばすことが出来るのだ。

「がはっ！ ……糞が‼ 【火爆】」

ガイバルは黒い液体を口から吐いて苦しげに呻いた。それから膝を突いて倒れ込む寸前、最後の抵抗と言わんばかりに腕を地面に叩きつけて大爆発を起こした。

その魔法の威力は大地を深々と割るほど強力だった。万が一、その爆発に巻き込まれていたら、

いくらユーリであってもダメージを負っていただろう。しかし、ガイバルの反撃を察知したユーリは、爆発の瞬間にはその場を離れていたため難を逃れた。

「あぶない。あぶない……！　最後のあがきにしてはヤバかったな……」

ガイバルの命を懸けた攻撃すらも、身体能力が極限まで高められた今のユーリの前では無力だった。だが、ユーリが降り立った場所には、ベルストーンが待ち構えていたかのように現れた。

「本当に貴方はヤバい人のようです。ただ、【ブランク】と【サンダーブースト】を同時に使えば、ギリギリ追いつけないこともありませんね」

そう言うや否や、ベルストーンは剣を上段から振り下ろした。

「ヤバい……【別解】」

一瞬、ユーリが魔法の抵抗を試みるより早く、ベルストーンの剣がユーリの体を真っ二つに切り裂いたかに見えた。ところが——。

「な……！」

ベルストーンは自分が討ち取ったはずの相手が幻影であることに気づいて驚愕した。

「正確に説明すると、単に追いつかせて隙を作っただけなんだけどね。お前は、俺の動きに反応しているようだったし。念のため」

ユーリは目を見開いているベルストーンの背後に忽然と姿を現した。

「化け物がぁぁぁぁぁぁぁぁぁぁ‼」

が、ベルストーンの剣がユーリに届くことはなかった。

ユーリに攻撃を避けられた際、すでにベルストーンの胸には【別解】によって大きな穴が開けられていたからだ。剣を振り上げた体勢のままベルストーンの体は硬直し、やがて倒れる。

ユーリは持っていた武器を鞘に仕舞って一息吐いた。

「やったね」

倒れているベルストーンに目を運びつつ、テレシアがユーリの傍に駆け寄って来た。

「あぁ……その前に【オートファージ・セカンド】解除……」

その瞬間だった。

「ぐ……はぁはぁ」

【オートファージ・セカンド】の副作用により、ユーリの全身が一気に耐え難い疲労感に包まれる。

ユーリは苦しそうに肩で荒い呼吸を繰り返し、ついには堪え切れずに膝を突いて地面に倒れ込んでしまった。額からは滝のような汗が噴き出ている。

「だ、大丈夫……!? すごい汗。まさか、何か攻撃を受けたの?」

「いや、俺が使った魔法【オートファージ】は、自分の命を削って自身を極限まで高める魔法だから」

「な……そんな!」

「この魔法はファーストから徐々にギヤを上げていくんだが、そのたびに命が削られる速度も増していく……。やべー……力を使い過ぎて気を失いそうだ」

「馬鹿！　なんでそんな魔法を！」

テレシアは息を呑んだ。

「お、俺には……守りたい奴が多くてな。面倒臭いが仕方なく」

「……っ！　やっぱり馬鹿だよ！　本当に馬鹿！　ちょっと、さっさとそこに寝て、せめて私が体力を全快させてあげるんだから！」

テレシアは、声を荒らげてユーリを突き飛ばすように仰向けに寝かせた。

「ぐえ……もう少し優しく……」

と、ユーリはテレシアに言いかけた言葉を最後まで口にすることが出来なかった。

テレシアの瞳からは大粒の涙が流れていた。

「なんで、お前が泣くんだ？　そういえば、昔は泣き虫だったよな？」

「私……私達は……【星影】」

テレシアが聖具を使ってユーリの体力を回復させていく。

「おぉ……体が楽になっていく」

「そうだね。　私は泣き虫だった。そして、椿……ユーリは昔から偏屈（へんくつ）で、頑固（がんこ）で、分からずやだったよね」

「ぐ……そんなこと、ないだろう」

「そうだよ。ずっと、そうだ。……だって、私がどんなに命を削る魔法を使わないでって頼んでも、聞いてはくれないんだよね」

「……」

「だよね。分かってる。じゃ……別のお願いを聞いてくれない？」

「馬鹿、そんな顔で頼む奴がいるかよ。何だよ？」

「絶対に死なないで……そうしてくれれば、どんな怪我でも私が絶対に治してみせるから」

「ハハ、それは心強いな。よし、そろそろ大丈夫だ。俺はこれから師匠のところに行く。師匠の肩への手を置いた時にマーキングはもう済んでいるし。お前は他の奴らの援護に行ってくれ」

「あ……もう一度【日輪】を使っておくね」

テレシアがゆっくり杖を振ると、ユーリの体全体が薄く輝きだした。力の上昇を感じたユーリは空を見上げて言った。

「ありがとう。俺は行ってくる。【ロングワープ】」

魔法を唱えると、ユーリは光と共に姿を消した。

テレシアはユーリの背中を見送りつつ、ポツリと呟いた。

「うん。頑張ってね、英雄さん」

第五話　コラソン・シュルツ

どこまでも広がる澄み切った青空の下、リリアーヌ教会から遠く離れた遥か上空では、コラソンとカルゲロが激しい攻防戦を繰り広げていた。

すべてを呑み込んでしまいそうなほどの強力な魔法の撃ち合いを続けてもなお、両者は息一つ乱していない。おそらく、コラソンがこの空を戦闘の場所に選んだのは、どれほど暴れ回っても問題がないところといえば、ここくらいしかなかったからだろう。

「フヒフヒ、今まで捕らえた人間や獣人は蛆虫レベルでしたし、エルフ族は魔王様の呪いで葬られたと思っていました。今の私の力ならば簡単にエルフ様の復活が成就すると考えていましたが……どうやら少々慢心していたようです。ここまで強いエルフが生き残っていようとは。【ブラックボム】」

賞賛の言葉とは裏腹に、カルゲロは慇懃無礼な冷笑を滲ませながら手を前に突き出し、黒い塊を出現させてコラソンに高速で撃ち出した。

「そうかい？　まさか、魔族に褒められるとは、光栄だね。【ワープウォール】」

カルゲロの攻撃に対抗してコラソンが魔法を唱えると、直径五十センチくらいの半透明な円形の壁がコラソンの目の前に現れ、その黒い塊を吸い込んだ。

更に、コラソンは円形の壁をカルゲロの真後ろにもう一つ作り出し、その壁の中から黒い塊を出現させてカウンターとばかりにカルゲロにお見舞いする。

黒い塊はカルゲロに命中し、周囲一帯を巻き込んで膨張すると、大爆発を起こして消えたように見えた。

ところが、いつの間にかカルゲロは先ほどいた場所から上空に移動しており、何事もなかったかのような涼しい顔でコラソンを睥睨（へいげい）している。

「ほう、やりますね。しかし、私の魔法で私を殺すことなど出来ませんよ」

内心、コラソンはカルゲロの強さに舌打ちしたい気持ちだった。

（やはり強いね……だけど。僕は――）

心の中で独りごちるコラソンは、魔力の減少に伴う疲労感に奥歯を噛みしめながら、次の魔法の準備をしつつ、昔のことを思い出していた。

◆

これは僕、コラソン・シュルツが四十歳くらいで、まだ若かった頃のことだ。

「父さん。大丈夫？」

僕は十日ぶりに自室のベッドの上で目を覚ました僕の父であるイルーカ・シュルツに声をかけた。

「あぁ……ごほごほっ……て、あまり大丈夫ではないかな」

「父さんはなんで、そこまでして……。【預言】のスキルを無理に使うと寿命を削ってしまうんだ

ろ？」

「……ハハ、そうだね……」

「それに魔王が魂を生け贄として必要とするにしても、母さんが作った『幻想玉』に人族や獣族を

退避すればある程度は助かるんだろ？」

『幻想玉』とは、『ケイリの玉』と同様に時空間魔法で作り出した異空間に対象者を連れ込める魔

導具だ。いずれも製作者は母さんで、『ケイリの玉』も本来の正式名称は『幻想玉』だったのだが、

獣人の国ルクスベネディクトで国宝に指定された際、『ケイリの玉』と勝手に名付けられたのだと

いう。

僕の問いかけに、父さんは首を横に振った。

「確かに『幻想玉』に入っていれば助かる。ただ、生存可能なのは百人未満だよ」

「だけど、父さんが人族のためにそこまでする必要なんかないじゃないか」

「そうかもしれないね。けど、僕は人族……彼らが好きなんだ。それに……」

「それに？」

「僕は約束を果たせなかった」

「……それは前にも聞いた。岡崎紡木（ツムギ）との約束なんでしょ？ そんなの無理な話だだったんで

176

しょ？」

「あぁ……無理だった。研究の過程で世界間の時間の流れが大きく異なる事実が判明したからね。もし、送り出したとしても望む時間に戻してやれる可能性はかなり低かった」

「じゃ……」

「けど、彼は命を賭して、この世界を一度救ってくれたんだ。本当はあってはならないことだが、彼の意思を無駄にしたくない。それに【預言】で知ったんだ。何よりも……その子供を守ってやりたい。その子供にだけ世界を救う重圧を背負わせたくない」

「……」

あの時、僕は父さんの意志を理解しきれていなかった。

父さんが亡くなる前に、僕の手を握りながら「コラソン、あとは頼んだよ。僕は終わりのようだ」と言い残しても、やはり僕は父さんが命を削りながら、何の関係もない人族のために行動していたことの意味が分からなかった。

僕は父さんの指示通りに研究を進めながら人族を観察していた。そうすれば、少しでも父さんの気持ちに寄り添えるのではないかと期待したからだ。

でも、現実はそう簡単ではなかった。なんせ、人族は本当に……。

──醜い生き物だったからだ。それこそ魔王が手を下すことなく、同じ人族同士で無駄な殺し合いを毎日のように続けている愚かな連中だった。

僕はそんな人族の営みを見ることに辟易して、自分の屋敷に籠るようになっていた。

それから長い年月が流れたある日のことだ。

僕は家の外が騒がしいことに気づき、本から顔を上げた。

森の動物とゴーレムが喧嘩でも始めたのかな？　僕は最初、その程度にしか考えていなかったので、再び読みかけの本に視線を落とした。けれども、実際はそうではなく、一時間くらいすると僕の部屋の扉をノックする音が響いた。

アレ？　誰か来たけど……あ！　そうか‼　すっかり忘れていた。『希望の子』が……父さんが何としても守りたいと話していた、岡崎紡木の子供の記憶を持つ少年が訪れる時期になったのか。

僕は、父さんの【預言】が記された本に目を移して納得する。

「はっ……はいはい」

僕が返事をすると、静かに扉が開いた。

扉の向こう側には怯えた表情の少年が立っていた。見ず知らずの場所へ一人で来たため、警戒しているのだろう。だが、それよりも僕には少年の死んだように暗い目の色が気にかかった。正直に

馬鹿で──！

矮小で──！

178

言って、本当に彼がこの世界を救う使命を背負った少年なのだろうか？　という印象だった。

とはいえ、少年の導き手となるべき僕自身が、そんな疑いを胸に抱いていると知られる訳にはいかない。　僕は『平常心』という言葉を心の中で三回唱えて、出来る限り明るく言葉を投げかけた。

「ようこそ、我が屋敷へ。　私はコラソン・シュルツ。　君の名前を教えてくれるかな？」

僕の挨拶を受けて少年は随分と面食らっているようだった。

元気が良すぎた？　緊張しすぎて、一人称が私になってしまったけど……今はどうでもいいか。

確か父さんの【預言】によると、この少年はユーリ・ガートリンという名前だったよね？

「……俺はユーリ・ガートリンです。　えっと……」

うん、父さんの【預言】と同じ名前の少年だね。　よかった。　どうやら【預言】は間違っていなかった。

こうして僕は父さんの意志に従って、週に一度、ユーリ君に魔法の修業を施す日々が始まった。

正直、人に物を教えるのはあまりしてこなかったので緊張していたし、何よりちゃんと教えられるか不安だった。　出来たら妹のエリンに代わって欲しかった。　もちろん、エリンはエリンで父さんの【預言】をもとに動いているため、無理なのは分かっていたのだけれど……。

まぁ……でも、そんな僕の懸念は杞憂(きゆう)に終わった。

それは父さんや僕の予想より、ユーリ君の魔法の習得スピードが速かったからだ。　ただ、優秀すぎるのがつまらなかったので、初めの頃より一段階難しめの課題を出してあげたこともあったね。

そうしたら、案の定出来ないでいたっけ……。

それでも彼は、口では『面倒臭い』とか『無理』、『出来ない』、『不可能だ』などとボヤく割に課題を投げ出すことは決してなかった。どうも根は真面目で負けず嫌いらしい。

ユーリ君が修業に来るようになり、一カ月が経つ頃には少し打ち解けてきて、何気ない世間話を交わす機会も増えた。

例えば、ローラというメイドが最近厳しくて毎朝叩き起こされることや、ディランという兵士から加齢臭とかいう臭いがするようになったこと。あるいは、リムという男の子だと思っていた友達が、ある日可愛い服を着て現れた。その時、『なぜ女性の服を着ているのか?』と尋ねたら、強烈なビンタを食らって、実は女の子だったと知ったことなど。

世間話と言っても、僕がユーリ君の話を一方的に聞くだけなんだけどね。僕は内心、それが楽しかった。それで、ユーリ君の人柄を詳しく知るようになり、彼は僕が観察してきた人族とは少し違うのではないかと思い直した。

それだけ、ユーリ君と過ごす時間は楽しかった。まぁ、僕が人族の表面的な部分しか見てこなかったからだろうけど。

本当に、僕はユーリ君に出会えてよかった。だって、父さんの意志に疑問を抱くことがなくなった。僕は、父さんの意志を継ぎたいと本気で思えるようになっていた……。

◆

　コラソンとカルゲロの戦いが始まって三十分が過ぎた頃。

「フヒフヒ……ここまでですかね」

　カルゲロがコラソンの髪を持って体ごと持ち上げる。

　コラソンは満身創痍であった。体中から血が噴き出し、左腕を失っていた。息はまだあるようだが、生きているのが不思議なくらいの状態である。

　その一方、カルゲロも片腕を失い、全身にダメージを負っていたものの、傷口の細胞が不気味な蠕動を繰り返し、再生しようとしているのが見てとれた。

　――その時だった。

　カルゲロがコラソンに止めの一撃を加えようとした瞬間、コラソンの背後にユーリが現れた。

「師匠……？」

　惨たらしく傷ついたコラソンを見て、ユーリがポツリと呟いた。

　リリアーヌ教会で二体の魔物との戦いを終えて駆け付けたユーリであったが、師匠であるコラソンをカルゲロから救うことが出来なかった。ユーリはその残酷な事実を受け入れられぬまま、呆然と立ち尽くしてしまう。

「ユーリ君……君に会えて本当によかったよ……ごほっ!!」

コラソンは空を見上げながら微笑みを浮かべ、かすれた声で言った。

「フヒフヒ、遺言は残せましたか？　では、魔王様の心臓は返してもらいますよ。そうだ、コラソン……貴方はなかなかでした。私に取り込まれなさい」

そう言うや否や、カルゲロはあんぐりと大口を開けて、瞬く間にコラソンを呑み込んでしまった。

「ま、待て!!」

我に返ったユーリはカルゲロの卑劣な行為を阻止するため、時空間魔法の【ショートワープ】を唱えると、その背後に移動して剣を振り抜いた。

しかし、カルゲロは瞬時に飛び上がってユーリの剣をひらりと躱してしまう。

「フヒ……フヒ……なんと、なんと素晴らしい魔力です！　素晴らしい!!　素晴らしい!!」

カルゲロは瞳をカッと光らせて大きく羽を開いた。コラソンの肉体を取り込んで魔力を吸収したためだろう。激しい戦闘によって負ったカルゲロの傷はすべて治っていた。

「フヒフヒフヒ……これだけの力が蓄えられれば、私は魔王様の媒介になれる。早いに越したことはないですね。ここで魔王様に復活してもらいましょう。何より、魔王様直々に『リアンの短剣』を持つ者に、完全なる絶望をプレゼントしていただくのも一興かもしれません」

カルゲロはコラソンから奪った『魔王の心臓』を呑み込んだ。

刹那、カルゲロの全身から禍々しい殺気にも似た邪悪なオーラが湧き上がった。常人であれば、そのオーラを浴びただけで体が朽ち果ててしまうだろう。

「アガガガガガガガガガガガガガガガガガガガガガガガガガガガガ！！！！！！」

人知を超えた、絶対的で隔絶した力が大気を暗黒に染め上げる中、カルゲロは奇声を上げた。

やがて、カルゲロの全身から黒い煙が噴出し、その体を繭のように包んでいく。

ユーリはゴクリと生唾を呑み込んだ。

時空を超越した圧倒的な存在の出現を前にして、ユーリの手にした剣はカタカタと震え、その額からは一筋の汗が流れて冷たく頬を伝い落ちていく。

ユーリは【ファイア】……」と、魔法を唱えかけてやめる。

今どんな魔法を放つにしても、無意味なものにしかならないのが分かったからだ。『リアンの短剣』による【別解】を使うにしても、範囲が狭いし、繭に入られてしまった時点で効くのかも不明だ。

【別解】は魔力の消費量も多く、ここでの無駄打ちは避けたい。よってユーリは圧倒的な存在を前に、コラソンの死を悲しむ余裕もなく状況を見守っているしかなかった。

邪悪な黒い煙が飛散するまでには一分とかからなかった。

そして、先ほどまでカルゲロがいた場所には、まったく別の『何か』が誕生した。

「ヒヒヒ……カルゲロ、よくやってくれました」

その『何か』は周囲を見回して口を開いた。

声は女性のものになり、すっかり面変わりしていた。

183　異世界で怠惰な田舎ライフ。6

黒髪かった髪は赤く染まって、コウモリみたいな羽は黒い鳥の翼へと変化し、瞳は紅玉のような光を湛えている。容姿は誰もが見とれてしまう美しい女性の顔立ちそのものだった。

だが、異様なのは頭に生えた山羊に似た太い二本の角と、頭上に浮遊する黒色の輪。その姿を例えるなら、黒い天使と言ったところである。

カルゲロであった『何か』は、うっとりと自分に酔い痴れるような表情を浮かべながら天空に腕を掲げた。

「あぁ……やっと神を殺すことが出来る」

「……っ！」

桁外れの恐怖のためか、ユーリはいつの間にか唇を固く噛み締めていた。しかし、ここで挫けている場合ではなかった。世界の命運は自分の肩に重く圧し掛かっている。何より犠牲となったコラソン師匠や多くの人達のためにも、絶対に負ける訳にはいかなかった。

「はぁああああああああああああああああああああああああああああああああ!!」

鬼気迫るユーリの姿は、普段のユーリを知る者であれば、まったく彼らしくないと感じたであろう。だが、そこまで自分を奮い立たせなければ、ユーリは目の前に存在する『何か』に圧倒されてしまいそうだった。

追い詰められたユーリは、瞬時に勝負を決めるために複数の魔法を発動した。もはや、それは自己のキャパシティを上回る魔法の連続であった。

「【オートファージ・サード】、【ブランク】、【ムーンウォーク】、【シールド】発動！」

魔力量を度外視した魔法の使用により、ユーリの移動速度は常人が肉眼で捉えられるレベルを超えた。上空に浮遊するために用いていた重力魔法の【フライ】の代わりに、無魔法の【シールド】を足場にしていた。

しかし、『何か』は動揺すらせずに、悠然とユーリの動きを一瞥した。

「ヒヒヒ……懐かしいですね。その短剣……『リアンの短剣』と言いましたか。自己紹介がまだだな

のに、せっかちな子供ですね。私は魔王、アルカ・ファア・ルーシー……君も名乗りなさい、【止まれ】」

魔王──アルカが一言【止まれ】と言っただけなのに、その効果は絶大だった。

幾つもの魔法を重ね掛けしたにもかかわらず、ユーリの速度はみるみるうちにスローモーションのように遅くなり、終いには強制的に立ち止まらせられてしまう。

「うぐ……！　なんだこれは……!! 【ショートワープ】」

「君の名は？」

ユーリは時空間魔法の【ショートワープ】を使用するが、発動しなかった。実際に移転すること

が出来ずにその場から移動できていない。

激しい動揺のため、ユーリにはアルカの質問に答える余裕がなかった。

「な……魔法が発動しないだと……ぐ、ああああああああ！！！！」

186

自分の身に降りかかった状況に対する理解が追い付かず、ユーリは堪らずパニックに陥った。どんなに力を込めても身動き一つ出来ず、魔法も使えない。何がどうなっているのか分からなかった。

「君程度では無理ですよ」

「ぐぅ……」

「もう一度、問いますよ。君の名は?」

「ぐ……ユーリ・ガートリンだ!」

「そうですか。そうですか。ヒヒヒ」

「くそがぁぁぁぁぁぁぁぁ!! 目を覚ませ『リアン』ーーーー!!」

ユーリが叫ぶと、手に持っていた短剣が薄く輝き出す。そして、ユーリの頭の中に直接リアンの声が響いた。

『……危険のようだな』

「あぁ……だから力を貸してくれ、【誤解】」

ユーリは『リアンの短剣』の力の一つ【誤解】を使用して少し過去へ遡った。そうすることでアルカが放った何らかの魔法を無理矢理理解すると、再びものすごい速度で移動しながら必勝の策を練る。

「リアン。何か、勝つ方法はないか?」

ユーリはリアンに単刀直入な問いを投げかけた。

『難しいな。本当にエルフの預言者は、今のお前に勝機があると言ったのか?』

「……分からない。運命だとしか」

『ユーリ……お前の【オートファージ】は、あと何分もつ? 寿命が尽きかけてるんじゃないのか?』

「もって三分と言ったところでしょうか……いや、アレを使えば多少は延びるか」

『く……その状況で一番勝率があるのは最後の……いや、相手の懐に飛び込んで【別解】の大出力で切り裂くしかない。すまない。このくらいの解しか出せん』

「そうか。ありがとう」

ユーリは決意を固め、大きく深呼吸をすると、右手に持ったリアンの短剣に視線を送った。

「ヒヒヒ……何を話しているんですか?」

【プランク】……っ!」

ユーリは更に無魔法の【プランク】を自身に二度掛けした。すると、ユーリの速度は格段に上昇したが、凄まじい負荷のために血管が切れて肉体が悲鳴を上げた。

「おや、やる気になりましたか? 無駄ですが、精々足掻いてみてください。【剣よ】」

アルカが言葉を発すると、その手のひらから黒い液体がコポコポと溢れ出てきて、二メートルほどの黒い大剣へ形状を変えていく。

体の至るところから血を噴き出させつつ、ユーリはリアンの短剣を口に咥えたまま飛び上がる。

そして片手持ちだった重い剣を両手で握り直し、アルカに向けて振り下ろした。

【山割り】

強烈な破壊力を秘めたユーリの一撃がアルカに命中したかに見えた。剣技の名の通り、ユーリの剣は鋭く重かった。対象が山であれば、実際に割ることが出来たであろう。

しかし、アルカにはそのユーリの必殺剣は通用しなかった。重たいはずのユーリの剣を、アルカは黒い大剣で軽々と受け止めたのだ。

「ほお……なかなか重たいですね」

アルカは大人が子供の成長を感心するかのような感想を漏らすと、黒い剣でユーリの重い剣を容易に押し返し、その体ごと弾き飛ばす。

「ちっ！　はぁあああああ！」

「ヒヒヒ……これは少し面白い」

猛烈な剣の打ち合いが始まった。二本の刀身が重なり合うたび、鋭い金属音が鳴る。ユーリはどうにかしてアルカに致命的な一太刀を浴びせようと全身全霊を傾けて剣を振るう。

だが、ユーリが繰り出す一撃一撃をアルカは苦もなく適確に受け流した。戦況は、明らかにアルカが優勢でユーリが劣勢だった。時折、思い出したように振るわれるアルカの反撃を、ユーリは間一髪で回避するのが精一杯な様子である。それはまるで、子供がおもちゃで遊んでいるかのようであった。

「……くっ」

（アルカの懐に入れねぇ。あと一分しかもたねぇってのに。……このままじゃあ、俺の寿命が切れちまう。……仕方ない、アレを使うしか……）

ユーリはアルカから距離を取ると、ポケットからある物を取り出した。それは以前ユーリが薬師のリサと共同で作った『長命薬』であった。実際に調合に成功した二錠を、ユーリはリサから預かっていたのである。

そのうちの一粒をユーリは口の中に放り込んだ。長命薬を飲むと約五十年寿命が延びると言われている。けれども、ユーリには後が残されていなかった。なぜなら、長命薬は二錠以上飲むと効果が逆転し猛毒となるからだ。

「苦！　これで最後だ！　【ムーンウォーク】解除。そして、【プランク】」

ユーリはアルカに付け入る隙を与えないように、【ムーンウォーク】を解除して、無魔法の【プランク】を三度掛けした。

その瞬間、凝縮された時間の流れの中で、ユーリはアルカの視界から消えた。

これまでの限界を更に超えたスピードとパワーでもって、ユーリの重い剣はアルカの黒い大剣を弾き飛ばし、アルカの懐に飛び込む。間髪を容れずにユーリは重い剣を手放すと、リアンの短剣を両手で持ってアルカの胸に突き立てた。

「……くらえ。最後だ。【別解】」

190

ユーリの腕と太ももは、度重なる魔法の発動による負担で青く腫れ上がっていた。その痛みを堪えつつユーリが【別解】と呟くと、アルカの胸に大きな穴が開いた。

そのアルカの胸に開けられた穴を見た時、ユーリは内心で勝ったと深く安堵した。

しかし……。

しかし、アルカは胸の空洞からボトボトと零れる黒い液体を気にも留めずに、ユーリの首根っこを掴んで持ち上げた。

「うぐ……」

「ヒヒヒ、面白い魔法の使い方ですね」

ユーリは目の前の化け物の生命力に愕然とした。聖具によって与えたダメージは致命傷のはずである。何食わぬ様子のアルカを目前にして、ユーリは思わず問いかけずにいられなかった。

「まさか、効いていない?」

「確かに、その聖具というものは、かつて私にとって脅威でした。億万の知識を有している私ですら知らぬ存在でしたよ」

「……」

「ヒヒヒ……ただ、今は知っているんです。前にその技は受けたんでね」

「だからって……」

アルカは恐怖に頬を引き攣らせたユーリに顔を近づけて笑った。

「知りさえすれば、私の保有スキルである【全知】によって、どういう理屈なのか理解できてしまうんですよ。だから、対策はいくらでも立てられます」

「な……んだよ」

「だから、無駄だと言ったでしょうに」

万策尽きてユーリの表情が絶望に染まった。戦意を喪失したユーリは、力やスピードを底上げしていた魔法もすべて解除してしまう。

「ヒヒヒヒヒヒヒヒヒ……いいですね。いいですね。その絶望した表情。私の大好物ですよ」

獰猛な爬虫類が獲物を前に舌なめずりするかのように、アルカは死人のように蒼白な顔色をしたユーリをジッと見つめると、邪悪な笑みを浮かべて笑い出した。

「く……う……すまん。約束は守れそうにない。テレシア、リム、ラーナ、ニール、ローラ、ディラン、アン……それにノア様にコラソン師匠」

「ヒヒヒ……別れの言葉は済みましたか？ いい絶望の表情でしたよ。でも、もう遊べないみたいですし。いただきますね。あーあ」

アルカがユーリを呑み込もうと大口を開けた。

しかし、絶望感に心を支配されたユーリはピクリとも動かない。

『逃げろ！ 逃げてくれ、頼む！』

ユーリの頭の中にはリアンの声がけたたましく響いた。

時空間魔法を使えば、もしかすると逃げられたかもしれない。

にもかかわらず、ユーリは動けなかった。

　——だが。

「う……あああああああああああああああああああああああああああああああああああああああ！！！！！！！」

ユーリがアルカに食べられることはなかった。

突然、アルカが頭を押さえて狂ったように叫び出し、黒い大剣とユーリを乱暴に手放して飛び上がったからである。

ユーリはなんとか気力を取り戻すと、重力魔法の【フライ】を唱えて地面への落下を食い止めた。

「……うぐ」

しかし、上空に踏み止まったユーリの頭を強烈な激痛が襲った。内臓も負傷したに違いない。咳をすると血が零れた。重力魔法の【フライ】が不安定になり全身がグラつく。大量の魔力を一挙に消費した反動だろう。【オートファージ】を長時間使っていたのだから当然かもしれない。

「ガハ……何が起こっているんだ……？」

ユーリは痛みを堪えて上半身を起こすと、視界の中に身を捩らせて苦しみの声を上げるアルカの姿が入ってきた。

『馬鹿たれが！！！！！！！』

ユーリの疑問に大音量のリアンの叱咤が返ってくる。

『……』

『何生きることを諦めとるんだ!!』

『うぐ、悪かった……』

『ちょっとでも生きる希望があるのなら、最後まで生を諦めるんじゃない!!』

『それで……次はどうする?』

『……逃げろ』

『……は!?』

『何が起こっているか分からないが、今しかない』

『ハハ……逃げ場なんてあるのか?』

『ある。妖精の国に向かえ、そこに『幻想玉』があるはずだ。『幻想玉』は別の時空間に逃げ込むための魔導具。他の『希望の子』を連れて、そこに逃げ込むんだ』

『諦めてんのはどっちだよ。アイツは俺達を見逃すほど甘くねえだろ?』

『もう、手が残されていないことは分かっているはずだ』

『……そうかもな、アルカの……魔王の復活は全世界に伝わっているだろう……つまり、世界の崩壊が近いことも。それだけ圧倒的な力だ』

『であろうな。今、人族や獣族はパニックを起こしているに違いない』

194

「そうだな。……二十六年後だと聞いていた世界の崩壊……俺が……俺達がどこかで選択を誤っていたんだろう。それなら俺は僅かでも時間を稼ぐ。人々がそれぞれ大切な人との時間を過ごせるように」

『馬鹿!! 何を言っている!!』

『結局は遅いか早いかの違いだろう? 俺は大切な奴らには自分の言葉は残している』

ユーリが覚悟を決めようとした時、アルカの呻き声が止まった。

「あああ……」

アルカはガクンと首を垂らして沈黙した。

「……っ」

ユーリは猛烈な疲労感を引きずりつつも状況を見極めるため、警戒心を高めながら短剣を構えた。

俯いたままの体勢でアルカが口を開く。

「ハハ……やあ」

その声を聞いて、ユーリは耳を疑った。

「へ……?」

ユーリは驚きのあまり素っ頓狂な声を上げた。

「ユーリ君。よく耐えてくれたね」

それは、ユーリが良く聞き慣れた声だった。

「……コラソン師匠……？」

アルカの口から発せられるコラソンの声色に、ユーリはぽかんと呆気に取られていた。

「あぁ、そうだとも」

「……な……なんで？　なんで!?　まさか魔王アルカを乗っ取ったんですか？」

「勘がいいね。僕は、以前君に指摘された通り……【呪】の魔法がすごく得意なんだ。【呪】とは魔力に思いや考えを乗せて任意のモノを呪う無魔法なんだけど。僕はこの魔法の研究を長年やっていたから……」

「なるほど。では……」

安堵のためか少し表情が柔らかくなったユーリの言葉を遮って、コラソンが口を挟んだ。

「待ってくれ。今は僕の話を聞いてくれるかい？　君の使っている【フェイクハート】は相手を呪う魔法で、【オートファージ】は自分を呪う魔法なんだよね？　実に強力な魔法だ。よく考え付いたと思うよ。魔法に数年しか触れていないのに【呪】の魔法に辿り着けるとは本当に驚いた。けどね……【呪】の魔法が一番効力を発揮するのは、自分と相手の双方を呪った場合なんだ」

「師匠？　……何を言って」

「うぐ……」

「し、師匠!?」

さっきまでの穏やかな口調から一変し、いきなりコラソンが頭を抱えて苦しみ出した。

196

慌ててユーリが手を差し伸べて助け起こそうと近づいたが、コラソンは空いた手でそれを制した。

「……大丈夫。僕は今、魔王と自身を呪いで縛っている。魔王は弱体化を……。そして、僕はちょっとばかし寿命をね」

「……何年ですか？」

「えっと、百年くらいになるんじゃないかな」

「何馬鹿なことしてんですか‼」

「ハハ、その言葉はバットでそのまま君に打ち返すよ」

「……ぐ、それはそうですが」

「仕方なかったんだ。本当は『魔王の心臓』を魔王が復活する前に破壊できれば、こんな面倒は避けられたんだけどね。でも、それは出来なかった。一度魔族に魔王の心臓を取り込ませて魔王を復活させてから、弱体化させた上で魔王を倒すしか手がなかったんだ」

「……まさか」

ユーリは、コラソンの言葉が意味する重大な事実を理解して激しく動揺した。

「そう。だから、今しかないんだ。前にお願いしたよね。僕を殺してくれ。……魔王……アルカ・ファア・ルーシーを、僕ごと再起不可能なくらいに殺してくれ。今なら君の『リアンの短剣』の力も効くはずだ」

「そんな！　そんなこと出来る訳ないじゃないですか‼　師匠が今取り込まれているとしても、助

ける方法だってあるかも知れないのに!?」

「そんな方法、ある訳ないじゃないか!」

「そんなの、探してみなければ、分からな……」

「分かるよ。今の僕はアルカと完全に一体化してしまっているからね。アルカが……魔王がどれほど恐ろしい存在か理解できてしまった。今じゃないと君はアルカを倒せないだろ?」

「けど……っ!」

「何を悩む必要があるんだ!?」

「そんな……命を選ぶことなんて出来ない!!」

「ハハ、自分の命は乱雑に扱うくせになぁ……君は間違っているよ。僕は長命と言われるエルフ族なのだけど寿命のほとんどをこの魔法に捧げてしまっているんだ。つまり、多くの大切な人の命と残り少ない寿命の僕の命が等しいなんてあり得ない。仮に僕を助けたとしても、アルカを倒す方法はないまま、結局、僕達は殺されるんだよ? そんなの比べるまでもないだろ?」

「……」

コラソンの主張に反論できず、ユーリは押し黙る。

その時、ユーリの頭の中にリアンの懇願するような声が聞こえてきた。

『ユーリ……すまない。口を挟ませてもらう。これが預言者の子らの選択なのだとしたら、誰も望まない未来しか待っていない。私は全世界の人々の命な

んかどうでもいい。君に……君には生きて欲しいんだ。……頼む。私を使ってくれ』

ユーリの瞳から涙が流れ落ちた。リアンの短剣の剣先をアルカの胸に向けたまま、腕が小刻みに震えて次の行動に移れない。

「ぐう……何をしている！　アルカをとどめて置くのにも限界があるんだ……！」

必死に叫ぶコラソンの声を耳にしても、ユーリは唇を噛み締めることしか出来なかった。

「……やっぱり、出来ない！」

「早くしてくれ！　うぐ……でないと手遅れに……!!　あぁ…………!!!!!」

コラソンの口から悲鳴じみた声が漏れると、二度と耳にしたくない悍(おそ)ましい声が辺りに響き渡った。

「……ヒヒヒ、もう遅いですよ」

それは魔王──アルカの声だった。

コラソンの意識を乗っ取って、アルカが気味の悪い声でケタケタと笑い出した。

抑えられていた禍々しい殺気が再び周囲に充満していく。

それからアルカは躊躇いもなくユーリの頭を掴み上げた。

「ぐ……」

「猿の分際で私を殺そうなんて生意気ですね。私、怒りました。貴方は特別にいたぶって殺してあげましょう」

そう言うと、アルカはユーリを地上へ投げ飛ばした。ユーリは隕石のように凄まじいスピードで一直線に落下していく。地表との接触による轟音が鳴り響き、広い草原だった場所には巨大なクレーターが形成された。

「ぐぁぁぁぁぁぁぁぁぁぁぁぁぁぁぁぁぁぁぁぁぁぁぁぁぁぁぁぁぁぁぁぁ!!」

しかし、ユーリは砂埃が舞い上がる中、辛うじて命を取り留めていた。

（……他の魔法を使う余裕なんてなかった。最後の魔力をつぎ込んで、落下直前に【フライ】の出力を最大値まで上げていなければ……確実に死んでいた）

気力を振り絞って立ち上がろうとしているユーリの目の前に、忽然と現れたアルカはどこか嬉しそうな声で言った。

「ヒヒヒ、やはり生きていましたか」

——それから。

アルカによるユーリへの殴る蹴るの一方的な応酬が始まった——。

200

第六話　本物の英雄

血も涙もない、まさしく鬼畜の所業だった。

ユーリは魔力を使い果たし、抵抗する意思すらも失っていた。

アルカはその相手を嬲り殺す勢いで血祭りに上げていく。

アルカが自我を覚醒させてから数分の間に、ユーリの体はボロボロになっていた。

「ぐ……」

（もうダメだ……。【オートファージ】をサードまで使ってしまった。もう魔力も残っていない。

ああ全身が痛ぇ……。体の骨が何本も折られちまった、指一本動かせない）

アルカはユーリの体を容赦なく持ち上げて告げた。

「終いですね……【剣よ】」

アルカの左手に黒い大剣が出現した。

無慈悲な表情でアルカはその剣をユーリに振り下ろそうと上段に構える。

その瞬間だった――。

眩い光がユーリの身に付けていた『足枷の指輪』から溢れ出した。更に、その赤い光に共鳴する

ように――『リアンの短剣』が燦然と輝き出す。

――そして。

【パーフェクトワールド】

それは、この場にはいないはずの人間の声だった。

ユーリの声でも、アルカの声でもない。

しかし、遠い記憶の底に沈んでいた、ひどく懐かしくも、忘れられない男の声――。

朦朧とした意識の中で、ユーリはその記憶を呼び起こそうと手を伸ばす。

だが、それよりも早く何らかの魔法が発動し――ユーリの意識は真っ白い空間へ飛んだ。

そこは見渡す限り何もない、真っ白な空間だった。

アルカとの死闘を演じていたはずのユーリは、いつの間にかその空間に立ち尽くしていた。

（声が聞こえた？　それに、なぜ？　なんの魔法だ？　時空間魔法？　いや、そもそもここはどこだ？　アルカに受けた傷は？）

ユーリが自問自答をしていると、その場にリアンが姿を現した。

「ハハ、やってくれたな」

「そりゃ……俺がバックアップもなしに、魔王なんてべらぼうな敵に挑みやしないさ。久しぶりだな……リアン」

202

ユーリの後ろから別の声がした。

咄嗟に振り返ったユーリの背後には、四十代後半くらいの男が佇んでいた。黒髪に茶色の瞳、身長は百八十センチほどだろうか。がっしりとした筋肉質の体には銀色の甲冑を纏っており、腰には長剣とリアンの短剣に似た武器を佩いている。その顔は、どこか日本人を思わせる造形をしていた。

「そうか、そうだったな。お前は抜け目のない奴だった」

「まぁ……俺の細工に気づいていた奴がいたようだがな」

「ホワイトの小娘の仕業だな。なるほど、指輪はそのためだったのか。さすがは、聖具や『幻想玉』を作ったエルフきっての名工の一族、と言ったところか」

「そうだな。ちょっと賭けだったがな」

「何にせよ。何にせよだ。ツムギ……また会えてよかった」

「あぁそうだな。俺も嬉しい」

『それで——』

リアンは言葉を切ってユーリの顔を見た。

それに続いてツムギと呼ばれた男もユーリのほうに視線を向けた。

「分かっている」

「……」

（ツ……ムギ？　俺の前世の父親？　まさか、いや……でも家に飾ってあった写真と同じ顔だ）

ユーリは困惑した様子で黙っている。

「では、私は邪魔だろうから、消えているぞ」

「そうだな。少しだけ時間をくれ」

ツムギが頷くと、リアンは短剣に付いた宝石の中に吸い込まれるように消えていった。

「…………」

「…………」

リアンが消えてからおよそ一分、互いに視線を合わせることなく、会話もなく時間だけが過ぎていった。

その沈黙を先に破ったのはツムギであった。

「すまなかった」

「…………」

「俺はリアンの短剣の中からお前のことを知った。すまなかった。俺が失敗しなければ、お前につらい思いをさせることはなかった。母さんが壊れることもなかった。本当にすまな……」

ユーリはツムギの言葉を遮るように手を前に突き出した。

「大丈夫、大丈夫だから。俺のことはもういいよ。俺は……俺は運よく、多くの人に支えられて大丈夫になったし」

「…………」

204

「ただ一つだけ父さんの口から直接聞かせてくれ。父さんはこの世界を救うために動いたんだろ?」

それは父さんの意志だったんだよな?」

「あぁ、最初は嫌々だったけどな。多くの仲間と出会って、俺自身がこの世界を救いたいと思ったんだ。それは紛れもなく俺の意志だ」

「そうか。それは良かったよ」

「?」

「実際に俺も同じ立場になった時、父さんと同じ行動をして、今魔王と戦っている」

「っ……そうか。そうだな」

「けど、あの世に行った時には、母さんに一発ビンタされたほうがいいよ。いや、ビンタで済むか分からないか?」

「あぁ……もちろん。もちろんだ。母さんにも寂しい思いをさせてしまった。あの世でもう一度再会したら一発殴られて、ゆっくりお前を待つとしよう。どうせ、母さんも椿……お前に謝りたいことがいっぱいあるだろう。その時、俺も母さんと一緒に改めてお前に謝るよ」

「また謝るの?」

「あぁ。俺と母さんはそれだけ親としてお前にいろいろなことをしてやれなかったんだ」

「分かった。もう許してるんだけどね」

ツムギはユーリの持っていた短剣に触れて、一つの言葉を口にする。

「許してくれてありがとう。【本解】」

すると、リアンの短剣が薄い光を帯び始め、徐々に形状を変えていき、二メートルを超える真っ白い大剣へと変貌した。

「な……！」

ユーリは驚いてツムギの顔を見た。

ツムギの全身から光の粒子が溢れ出し、その体がみるみる薄くなっていく。

『リアンの短剣』の最後の力を解放するには、使用者の魂を生け贄にする必要があるんだ。だから、リアンはそのことをお前に教えなかったんだろう。まぁ……俺は今から消えゆく存在だし、問題ないよな……？」

そこへリアンが再び姿を現すと、愕然とした様子でツムギを問いただした。

「ツムギ、お前……‼ まさか、すべて知っていたのか⁉」

「ああ、もちろん。……って、ホワイトさんの資料を読んでいただけなんだけどな。【別解】は未来を切り裂く。【誤解】は過去を切り裂く。そして、最後の【本解】は今を切り裂く剣となる」

「そうか、何から何まで……すまなかった」

「リアン、もう謝るな。俺はこうして自分の息子にも会えたんだ。心残りはない」

光の粒子として消えゆきながら、ツムギは涙を流すリアンを慰めるように、その頭の上にポンと手のひらを乗せた。そして、ユーリをまっすぐに見つめて言った。

「ツバキ……これは、俺からの最後の手向(たむ)けだ」

ツムギはユーリの頭を力強く抱き寄せた。

『英雄の証が付与されました。ステータスを確認してください』

ユーリは天の声によってステータスの変化を知らされて、自身のステータスを確認した。

ユーリ・ガートリン　レベル72

HP　5500／16550　MP　7150／17050

攻撃力　17500　防御力　17450

スキル　【全能レベル6】【言語対応レベル7】【隠匿レベル10】
　　　　【鑑定レベル10】【危険予知レベル10】【剣鬼レベル10】
　　　　【調理レベル10】【剣術（大）レベル10】【耐毒性レベル10】
　　　　【夜目レベル10】【調薬術レベル7】など

魔法　　【火魔法（大）レベル10】【水魔法（大）レベル10】【風魔法（大）レベル10】

付与

【精霊王の加護】【英雄の証】

【土魔法（大）レベル10】【無魔法（大）レベル10】【音魔法（大）レベル10】
【時空間魔法（大）レベル10】【重力魔法（大）レベル10】
【氷魔法（大）レベル10】【雷魔法（大）レベル10】【治癒魔法（大）レベル10】

「すごい！　ステータスがこんなに……。そうか、『足枷の指輪』の効果が失われたせいもあるだ
ろうけど……これならきっと！」

「ああ。これで、何とか魔王とも戦えるはずだ。お別れだ」

「父さん！」

「あとは頼む……ぞ」

「……あぁ、分かった」

ツムギの願いにユーリは短く答えた。

ツムギはユーリの答えを聞くと、満足そうに微笑んで光の粒子となり空に消えていった。

「……っ」

しばらくの間、ユーリはツムギが消えていった空の彼方を、じっと見つめていた。

それはまるで溢れ出る涙が零れるのを我慢するように。

第七話　最後の決闘

「ユーリ、大丈夫か?」

真っ白い空間の中、言葉をなくして立ち尽くすユーリを気遣ってリアンが声をかけた。

ユーリはツムギが消えた空から視線をリアンへ移す。

「……大丈夫だ」

「そうか」

「さてと、そろそろ魔王の奴をぶっ倒しに……って……あ!」

「どうした?」

「父さんにもとの世界に戻る方法を教えてもらってない!? ヤバい、どうしたら?」

「あ、そうだな。ふふ、ハッハッハ……そういえば、ツムギはたまに抜けたところがある奴だったな。まぁ、私が解除できるから安心してくれ」

「それは良かった。にしても……短剣から大剣になると違和感があるな」

ユーリは一時的に大剣と呼ぶにふさわしい姿になってしまった『リアンの短剣』を軽々と片手で扱ってみせた。

「ふふ、この状態の短剣は、もともと大昔レジェンド級の魔物デールガルドラゴンを真っ二つに切ったと言われる聖剣ランデールを模して作ったそうだ。製作者のリベル・ホワイトは、聖剣デネブ・アルイル・アイカシア・クロス・ファイ・リベル・ホワイト・バグダッド・デンジャラス・パーフェクト・ランデール・リアンと呼んでいた」

「聖剣デネブ……って？　えっと、なんだって？」

「だから、聖剣デネブ・アルイル・アイカシア・クロス・ファイ・リベル・ホワイト・バグダッド・デンジャラス・パーフェクト・ランデール・リアンだよ」

「……えっと、聖剣デネブ・アルイル・アイカシア・クロス・ファイ・リベル・ホワイト……って覚えきれるか！　剣の名前にしては長すぎるよ。厨二病の黒歴史小説に出てくるやつだから！　しかも、ちゃっかり自分の名前とか入っているし！」

「どうだろうな。製作者の奴は小説を集めるのが趣味だったようだが、その影響じゃないか？」

「……この剣は大丈夫なんでしょうね？　すごく名前が俺を不安にさせるんだけど」

「え……えっと、剣の力は私が保証する。　大丈夫だ」

「本当？」

「もちろんだとも。ちなみに聞きたいんだが、聖剣デネブ・アルイル・アイカシア・クロス・ファイ・リベル・ホワイト・バグダッド・デンジャラス・パーフェクト・ランデール・リアンのどこが悪いのだ？　カッコいいではないか？」

ユーリは「本心で言ってないよな？」っという目で、リアンに視線を向けた。

「い……いや、なんでもない。ではユーリ、お前がこの剣の名前を付けてやってくれよ」

「うぐ……そ、それは」

自分で名付けろと言うリアンに、ユーリは戸惑いながら自分の手にした大剣を見つめた。

その大剣の長さは身の丈を超えるほどであり、白い直刃に埋め込まれた赤い宝石が薄く輝いている。とても美しく美術品として美術館に飾っていてもおかしくないほどの大剣だった。

「んーん」

「お、冗談のつもりだったのだが、本当に名を付けてくれるのか？　カッコいい名前がいいな」

いきなりの無理難題にユーリは頭を抱える。リアンは首を傾げて思案を巡らしているユーリをワクワクした様子で見つめていた。

「あんまり長い名前だと厨二病っぽくなるし……。そうだな、白……『大剣・白月』ってのはどうだ？」

「え、それなら、聖剣デネブ・アルイル・アイカシア・クロス・ファイ・リベル・ホワイト・バグダッド・デンジャラス・パーフェクト・ランデール・リアンのほうがカッコよくないか？　本当にそれでいいのか？　後悔しないか？」

「いや、見たまんだが、シンプルな『大剣・白月』でいいよ。うん。これでいい」

「そ、そうか。ジェネレーションギャップというやつかな」

「いや、ジェネレーションギャップは関係ないと思うけど。もう決めたんだからいいよ。じゃ、もとの世界に戻してくれ」

「分かった。では泣いても笑っても最後の決闘だ。ユーリ、必ず生き残ってくれ」

「分かってるよ」

ユーリの返事を合図にして、リアンは両手を一度大きく打ち鳴らす。

すると、魔法が解除されて、ユーリは真っ白い空間から魔王——アルカに止めを刺されようとした瞬間に舞い戻ったのであった。

「終いですね……【剣よ】」

アルカが手にした黒い大剣が上段から振り下ろされるや否や、ユーリは紙一重で時空間魔法の【ショートワープ】を使用して後方へ移動する。

回避と同時に、ユーリは負傷した体に治癒魔法の【ヒール】をかけた。だが、アルカによって負わされた傷は邪悪な瘴気の影響のためか効果が薄い。それでもユーリが諦めることなく【ヒール】を使い続けると、徐々にではあるが傷口が塞がっていくようであった。

「ヒヒヒ、突然どうなされたのですか？　少しさっきと様子が変わりましたね？」

「どうかな」

ユーリは自身を回復させながら、アルカに向けて大剣を構えた。

212

「もう遊びは終わりにしましょう。君は、確実にここで殺しておいたほうがよさそうです。【止まれ】」

アルカは手を前に突き出して【止まれ】と魔法を唱えた。先ほどユーリの動きを完全に封じた魔法である。

しかし、ユーリは大剣を振るうことでその魔法を打ち消した。

「もう、その魔法は効かない。この剣は今を切り裂く剣……」

「ヒヒヒ……それも『リアンの短剣』の力という訳ですか」

「じゃ。早速行こうか……【プランク】発動」

ユーリがそう言い放った途端、二人の姿が消えた。

剣と剣が怒涛の如く打ち合う音が大地を揺らしている。

だが、明らかに先ほどとは戦況が一変した。総合的な力は未だアルカのほうが上回っていたものの、ユーリはアルカと剣を打ち合えるようになっていた。

それを裏付けるものとしては四つの要因が考えられた。

一つ目は、ツムギから継承した力。

二つ目は、ユーリが付けていた『足枷の指輪』が役目を終えて効力を失ったことが原因と考えられた。これにより、今まで抑制していた力が解放されたに違いない。

三つ目は、アルカの中に存在しているコラソンの力によるものだろう。少し前にコラソンの意識

を抑え込んでから、目に見えてアルカの力が低下していたからである。もしかすると、アルカの意識下では、コラソンがその意識に取って変わるべく今も必死の抵抗を続けているのかもしれない。

最後の四つ目は、アルカとの第一戦でいくらかの経験を得たことが大きい。それは以前から多くの強者達と戦ってきたユーリだからこそ吸収できたものと言えた。

そうして今、天と地ほどもあったユーリとアルカの力の差は大分縮まり、神の領域と誇張できそうなほどの絶妙な均衡を生み出していたのである。

「ヒヒヒ……面白いですね。私に立ち向かうとは……力の差が分からないのですか？」

アルカは黒い大剣を真横に振り抜いた。

ユーリはその一閃をしゃがんで躱すと、その勢いのまま体を回転させて地面に手を突き、力の反動を利用してアルカに蹴りをお見舞いする。すると、アルカが顔を顰めた。

「く、生意気な……！」

「確かに、力の差はあるな。だけど、この程度の違いであれば、いくらでも戦い方はあるし。それに、剣の型が教科書通り過ぎて読みやすい。剣技【一文字】」

ユーリは腕力のみで飛び上がって、アルカの胴体を両断すべく、大剣を振るう一刀を繰り出した。

その一刀をアルカは片腕を盾代わりにして防ぐ。

——ガキッ!!

金属を叩いたような甲高い音が鳴り響いた。ユーリは僅かな手応えを感じたものの、アルカには

一センチくらいの傷を負わすだけで深手には至らない。

「ヒヒヒ……この程度とは。では、気にすることはありませんね」

「く……面倒。なんて硬さ……鉄鋼かなんかで出来てんのかよ」

アルカはそのかすり傷を見て嘲弄の笑みを漏らす。予想よりもアルカにダメージを与えられなかったユーリは、眉間に皺を寄せて剣を構え直した。

それからしばらくの間、戦いの形勢はアルカのほうへ傾いたようだった。

アルカは相手の攻撃力が大したレベルではないと判断すると、防御を顧みずに黒い大剣をぶんぶん振り回しユーリを追い詰めていく。

次第にユーリの動きもアルカに読まれ始めた。パターン化した回避行動を予測したアルカの適確な一撃に、ユーリは大剣での受け流しを余儀なくされる。しかし、剣の打撃力ではアルカに分があり、ユーリは自身の大剣が押し込まれていくことに焦りを感じた。

「馬鹿力め！」

ユーリは果敢に無魔法の【プランク】の出力を上げてアルカの大剣を弾き返すと、間合いを取るために一旦後退した。

この動きにアルカは瞬時に反応し、足元の地面が窪むほど強く踏み込んだジャンプでユーリとの距離を一気に詰めていく。

「逃がしませんよ！」

「……本当に面倒臭い」

　敵のしつこさにうんざりしつつ、ユーリはアルカによって振るわれた剣を仰け反るような難しい体勢で躱すと、相手の意表を突くために地面の砂を片手で掴んで投げつけた。

「……っ！」

　ユーリが投げた砂がまともにアルカの顔面に命中した。ユーリはアルカがその砂を振り払っている隙に、素早く後方へ飛び退った。

「はぁー、ヤバかった」

「……くそ……が」

「へ？」

「猿が……猿の分際で私の顔に汚い砂を！　よくも！　よくも！　よくも！　よくも！　よくも！！　ああああああああああああああああああああああああああああああー！！」

　砂を浴びせられた屈辱のためか、いきなりアルカが豹変（ひょうへん）した。美しかった顔を鬼のように歪ませて、赤い髪を掻き毟（むし）っている。そのあまりにぶっ飛んだ人格の変貌ぶりに、普段は冷静沈着なユーリもさすがに動揺を隠せない。

「やべ……怒らせたなぁ」

　アルカの反撃に備えてユーリは大剣を構え直した。それから怒りを爆発させているアルカの様子を観察しつつ思案を巡らせる。

216

（しかし、顔に砂をかけられたくらいでこの怒りっぷりはどういうことだ？　さっき腕に小さな傷を負わせた時には、これほど怒り狂いはしなかった。……だとすると、何か過去にトラウマでもあったのだろうか？）

「コロシテヤル」

アルカは憎悪を滾らせた瞳でユーリを睨みつけた。慇懃無礼とも受け取れる落ち着いた態度はまったく鳴りを潜め、我を忘れたように黒い大剣を振り回す。

それは制御を失った殺人マシンが暴走するような、あまりにも無茶苦茶な剣の扱い方だった。だが、教科書通りとも言えた見事な剣技が見る影もなくなった代わりに剣筋の予測がつかず、それがユーリの行動を妨げる。

とはいえ、パワーだけに偏った力任せの猛攻が、大幅に能力値を上昇させたユーリにいつまでも通用するはずがなかった。ユーリは防戦を強いられつつも、抜け目なくアルカの隙を窺う。

「シネェェーーーーーーーー!!」

アルカは狂気を孕んだ叫び声と共に大剣を真横に振り抜いた。

ユーリはその剣を躱す瞬間に生じた相手の隙を見逃さず、反撃に転じるため即座に無魔法の【プランク】の出力を最大値にまで上げてアルカの懐に潜り込む。

「これはどうだ？　剣技【首斬り】」

剣技【首斬り】は、突きの二連撃に加えて、真横からの斬撃を巧みに組み合わせた目にも留まら

ぬ三連撃だ。現在、ユーリが使える剣技では最も熟練度が高い。しかし、その剣技をもってしても

アルカの首元に浅い傷をつけることしか出来なかった。

「ウザイ!!」

「くそ、馬鹿力が……」

アルカは歯牙にもかけずにユーリを薙ぎ払う。

ユーリは薙ぎ払いを食らう前に魔法を唱えようとしたものの間に合わず、咄嗟に大剣で受けたの

だが、アルカの荒々しい大剣を受け止めきれずに五十メートルほど吹き飛ばされてしまった。

ユーリは大剣を地面に突き立て勢いを殺し、なんとか地面に着地する。

「くそが……せっかく【ヒール】で治してるのに、今度は片腕と肋骨の数本が折れたか」

――と、もはや万事休すに思われた、その時である。

「「「「ユーーリィィィィィィィ〜〜〜〜〜〜〜!!!!!!!!!!!!!」」」」

テレシア、リム、ラーナ、ニール、アンリエッタ、アランが龍やフェンリルに乗って現れた。

その後方からは複数の龍やフェンリル達が押し寄せて来て、アルカに一斉に襲いかかる。

「だ、大丈夫?」

フェンリルの背中の上からテレシアが、一番にユーリに話しかけてきた。ただ、その顔はアルカ

218

を前にして血の気を失い青ざめている。

「あぁ……なんだ、来たのか」

「なんだ、じゃない！　当たり前だよ‼」

「そうか？　てか、あの聖獣の龍とフェンリル達は何なの？」

「魔王の復活を感じ取ったとかで……加勢してくれたんだ」

「なるほど……なんつーか、怪物大集合って感じだな」

「ふふ、確かに。昔見た怪獣物の映画を思い出すよ。けど、かなり傷を受けたようだね。今すぐ治すよ」

「あぁ、頼む」

「うん。目を覚まして『セフィロト』……【星影】……【星影】」

テレシアがセフィロトの杖を掲げて【星影】と呟くと、アルカに襲いかかる聖獣の龍とフェンリル達の戦いに目を向けて言った。

テレシアの治癒を受けながら、アルカに襲いかかっていたユーリの傷が治っていく。ユーリはテレシアの治癒を受けながら、

「それにしても、あいつら……このまま勝ってくれたりしないかな？」

「それはないよ。魔王の魔力は圧倒的だし」

すぐさま反論したのは、青い龍に乗って現れたリムだった。

「そうか、それは残念だ」

次いでリムに同意するように頷いたのはラーナである。

「よかった！　ユーリ様の心音が消えかけた時には、どれだけ心配したことか……気が動転して、取り乱してしまいました」

「……そうか、それは悪かったな。てか、俺の心音って、そんなに聞こえるもんなの？」

「もちろん、ずっと聞いてましたから」

「え？」

「へ？　あ！　いや、なんでもないです。聞いてませんから……ずっとなんて、聞いてません!!」

ラーナが顔を真っ赤にして首をぶんぶんと振った時、ユーリは背筋が凍るような殺気が近くから漂い始めるのを感じた。殺気の持ち主はアルカではなく、テレシアとリムのものだった。いつの間にか、二人の背後から魔王もかくやというドス黒いモノが漏れ出している。

「ど、どうした……!?」

メラメラした恐るべき殺気に怯んだユーリの背中に、ニールが遠慮なく蹴りを入れた。

「あで……！」

「僕の妹に何をやっているんだ？」

「な、何もやってないだろ」

「そんな訳ないだろう！　じゃあーなんで、ラーナの顔が赤いんだ？　このっ！　……って、いたっ！」

220

声を荒らげていたニールが、今度はアンリエッタに無防備な後頭部をチップされた。

「はいはい、馬鹿やってないで！　さっさと、あの化け物を倒さないと……！」

アンリエッタが呆れた様子でニールの後ろから顔を出して口を挟む。

「いたた……！　もう少し手加減をだな……」

ニールは頭を撫でながら涙目で訴えた。しかし、アンリエッタはその訴えを黙殺してユーリに声をかけた。

「お兄ちゃんは傷を治してもらうのと、あとは魔力の回復だね」

そこへ最後に、青い龍に跨ったアランが『グラデットの斧』を担いで降り立った。

「アイツは……ヤバいな」

「チキンのアランはビビッてりゅん？」

「ビビッて……なくもない」

「素直に言えたことは成長かにゃ。……く、やっぱり、龍の状態で人語は喋りじゅらい」

たどたどしい人語を口にする青い龍――ルリアは白い煙を巻き上げて人間の女の子の姿に変身する。

こうして、ユーリの周りに七つの聖具を扱う『希望の子』がすべて集結したのであった。

一息つくと、アンリエッタが皆を見回して言った。

「あの化け物、何とかしないと。さすがの龍やフェンリルの聖獣達ですら足止めするのが精一杯だろうし」

「そうだな。じゃ……」

ニールが『トナティウの大剣』を振り上げてアルカを見据えた。そして、我先に進み出ようと一歩踏み出したところでアンリエッタに肩を掴まれる。

「なんだよ」

「馬鹿なの？　一人で突っ込む気？　あの化け物の力量も分からない訳じゃないでしょ？　死にに行きたい訳？」

「そんな訳ないだろ……！　って、あでっ!?」

アンリエッタはニールの震える足に蹴りを入れた。

「足震えてんじゃん！　勇むのはいいけど、無理があるから」

「あであでっ!?　……分かった！　分かったから!!　すみません、強がりでした！　だからもう蹴らないで……！」

ユーリはポコポコ頭を殴られるニールを眺めながら、彼がアンリエッタの尻に敷かれる未来が目に浮かぶような気がしていた。

もちろん、皆も同じ思いを抱いたことだろう。

それは、まあ置いておいたとして――。

この中で一番の場数を踏んでいる戦闘狂のアンリエッタは、魔王であるアルカの底知れぬ力を感じ取っていた。

「ここで聖具を持った皆が協力しないと即死だよ。でも、単純に一斉攻撃を仕掛ければ勝てる訳じゃない。最低限の……連携が必要になる」

聖獣達がアルカとの死闘を繰り広げている間、アンリエッタを中心に最後の戦いに向けて、それぞれがどのような役割でもって連携に加わるかを決める作戦会議が始まった。

アンリエッタが幾つかの提案を出し、それに皆が答える形で話し合いが進められる中、ユーリは一つの結論を導き出したような表情でアランの顔に視線を向けた。

それに気づいたアランが顔を顰めて問いかける。

「ん？　なんだよ？」

アランの質問は耳に届いていないのか、ユーリは一人何かに納得するかのように頷くと、ニールとアンリエッタのほうを向いて尋ねた。

「……やはりアレしかないな。俺以外の六人でアルカから一瞬の隙を作ることは可能か？」

「……」

「ど、どういうことだ？」

ユーリの問いにアンリエッタは黙り、ニールは戸惑いの声を上げる。

「少し……」

ユーリが答えようとした時、ニールはその脇腹を思いっきりアンリエッタに殴られた。

「うご‼」

「お兄ちゃんには何か考えがあるんだよ！」

「けほけほ……！　遠慮なく叩きすぎじゃないか？」

ニールは咽ながらも『トナティウの大剣』の柄を持った。

「みんなも覚悟はいいかな？　戦闘準備に入って！」

アンリエッタの号令のもと、『希望の子』らは、それぞれの聖具を持って立ち上がった。

「ふは……頼もしいな」

命を懸けた、生きるか死ぬかの戦いを前にしても普段と変わらぬ仲間達。

ユーリはその心強い姿を目にして破顔した。

そして、精神を集中するべく手に持った大剣を強く握り締めた。

決戦の準備を終えた『希望の子』達は、それぞれの聖具を解放していく。

「起きろ。トナティウ……！」

「行くよ。アルム……！」

「力を貸してくれグラデット……！」

「目を覚ましてオリオン……!」

「おはよう、プシーカ……!」

アルカは自身の脅威となる聖具の存在を感じ取ったのだろう。黒い大剣を大きく横に一刀し、応戦していた周囲の龍やフェンリル達を吹き飛ばした。

「コロシテヤル!!」

アルカは声を張り上げながらアンリエッタ達のほうに凄まじい速さで襲いかかって来る。

「まずは、私から……【日輪】」

アルカの猛攻に備えて、最初にテレシアが、すでに開放していた『セフィロトの杖』で全員に【日輪】を使用して肉体強化を施した。

次いでアンリエッタが、自身の力を抑制していた『足枷の指輪』を手早く外し剣を構える。

「じゃ、私がアイツの攻撃を受けるよ。【電電】」

そうアンリエッタが口にすると、手に持った剣が放電を始め、大蛇のような電気の塊が迸り、彼女の全身に纏わりついた。彼女はそのまま稲妻の如き速さでアルカに斬りかかる。

「コロシテヤル!! ……コロシテヤル!!!!」

「出し惜しみはしない、【ブランク】……っ」

黒い大剣とアルムの剣が甲高い音を立てて激突した。

──ガキンッ!!

アンリエッタはかろうじてその強打を受け止めたが、アルカの連撃は止むことなく彼女の体を叩き割る勢いで振り下ろされる。

「シネェェェーーーーーーー！！！！！！！！　シネェェェーーーーーーー！！！！！！！」

「なんて、馬鹿力……！！」

剣の腕ではユーリに引けを取らないアンリエッタですら、アルカには手も足も出せず防戦一方を強いられていた。

奥歯をギリギリと噛み締めつつ、必死にその強襲に耐えるアンリエッタであったが、ついに堪え切れずアルカの黒い大剣によってアルムの剣が弾き飛ばされてしまう。

しかし、それもまたアンリエッタの計算ずくの行動だった。

アルカがアンリエッタに止めの一撃を浴びせようとした、その時──。

アルカは何かを感じ取ったのかすかさず横へ飛び退いた。その瞬間、今までアルカが立っていた場所に光の矢が降り注いだ。

それは、ラーナの持っていた『オリオンの弓』による【月の矢】の攻撃だった。

「これでもダメなんだ……」

アルカに攻撃の一つも出来なかったことに、アンリエッタは呆気に取られたように独りごちる。

ただ、ラーナは止まらなかった。

「アンリエッタさんもっと離れてください！　まだ、やります……！！」

【月の矢】‼【月の矢】

すべてのものを原形すら残さず破壊し尽くす勢いで、無数の【月の矢】が天空からアルカを目標に解き放たれる。その威力は凄まじく、あたかもゲリラ豪雨のように土を打ち付ける重たい音を轟かせながら、攻撃範囲を広げてアルカの逃げ場を失くしていった。

体への負担が大きい『オリオンの弓』を連続して使いすぎたためか、ラーナは口の端から血を流していた。【月の矢】を打ち終えると、急激な魔力の減少による反動が来たのか、ラーナは荒い息を吐きながら大地に膝を突く。

だが、アルカの生体反応は消えるどころか、いよいよもって殺気を肥大化させていく。

「まだよ！」

その脅威を察したリムが警鐘を発しつつ、聖具の一つである『プシーカの籠手』を付けてラーナを庇うように立ちはだかる。

リムの言葉通り、天高く舞い上がった砂埃の中からアルカが姿を現し、手に掴んだ何本もの【月

の矢】をラーナに向かって投げ返してきた。

「【明鏡】食らい尽くして……中級魔法までなら簡単なんだけどちょっとキツイかな……けど、ラーナにばっかりいい恰好させてらんないし」

リムが【明鏡】と口にした途端、その前面に鏡が形成されて、襲い来る【月の矢】をすべて吸い込んだ。そして、鏡が裏返ると間髪を容れずに、鏡の中から何倍にも大きくなった【月の矢】がアルカに向かって撃ち返された。

「ジャァァァマァァァァダァァァァーーーー!!!!!」

怒髪天を衝く勢いでアルカは雄たけびを上げながら腕を振るい、何倍にも大きさを増した【月の矢】を粉々に砕き割った。

——ドクンッ‼

その時、邪悪な神の怒りに触発されたように大地を激震が駆け抜けた。いや、その揺れの元凶は目の前のアルカだった。ビリビリと大気を震わす鳴動に合わせて、アルカの肉体に目まぐるしい変化が現れる。

しなやかな肢体はみるみるうちに肥大化し、肌は真っ黒に染まり、口が大きく裂けて牙が剥き出しになった。血のように赤く染まった眼球と硬化した皮膚からは、かつての美貌は見る影もなく、もはや人間の形状を留めていない。長く鋭利な爪を四肢から伸ばしたその姿は、神話に登場するバハムートを彷彿させた。

「……な‼」

「質量保存の法則って知っているか？　いや、今までの形態が圧縮された状態で、目の前の化け物がこいつ本来の姿だとしたら……」

「ファンタジーだな」

「なんなの……理解できない」

「ヤバいね」

「……っ！　化け物が出てきましたね」

「本当に化け物」

アルカの悍ましい変貌を目の当たりにして、『希望の子』らの間に動揺が走った。後方で精神を集中させていたユーリの眉がビクッと動いた。

「アレは……何」

『まだ完全体ではないようだが、本性を現したようだな』

「完全体ではない？」

『あぁ……。おそらくだが……復活して間もないから、魔王は完全体になれないのではないだろうか？』

「なるほど」

魔王の状態について口々に推論を述べる『希望の子』達のところへ、上空から空気を切り裂いて

何かを叫びながらアランが降ってきた。

「俺は質量保存の法則を信じる！　あの化け物の体が膨らんだだろう？　的が大きくなって助かるじゃないか！　ルリア、すまんが少し重くなるぞ！　加減はナシだ!!」

「アランのチキン！　手を抜いたりしたら、ぶん殴るにゃら！」

「ハハ、相変わらず、龍の姿で人語は難しいようだな。【望英】」

アランは【望英】と呟いて『グラデットの斧』を掲げた。すると、みるみる『グラデットの斧』が巨大化していく。

「く……ここまで大きくすると、さすがに筋力を増やす必要があるな。【オーバープランク】」

アランは無魔法の【オーバープランク】を唱えて自身を強化した。それから巨大化した『グラデットの斧』を上段に構えて、渾身の力を込めてアルカに振り下ろす。

風を切るゴオッという刃の音が周囲に鳴り響いた。

「ギャアー!!」

おそらく形態が変わる以前の身軽な状態であれば躱せたであろう。だが、巨大な図体に変貌を遂げた分、敏捷性が落ちていた。

アランの『グラデットの斧』がアルカの肩に深々と突き刺さる。

「どうやら、不完全なようだね……」

すかさずアンリエッタがアルムの剣を天に突き立てる。すると、今までにないほどにアンリエッ

タから放電が始まって、その放電がアルムの剣に収束していった。

「一気にいく！　フフ……お兄ちゃんの出番をなくしてやるから！　【三光】」

紫電を帯びたアルムの剣を振りかざし、アンリエッタは怒涛の如く三連の突きをアルカに向けて放つ。その連撃が雷の龍となってアルカを貫いた。

「コンナモノキクカァ!!　キサマ!!　キサマァァァァァ!!」

けたたましい咆哮と共にアルカが上空に飛び、アランとルリアを叩き落とすと同時に、アンリエッタに黒いブレスを吐いた。

「ぐあ……！」

「きゃ！」

アルカから反撃を受けた三人は後方へ吹き飛ばされてしまった。けれども、彼らはリムの魔法で地面への激突を緩和され、テレシアの応急処置によりなんとか一命を取り留めるが……。

「ふ……何時だったか」

いつの間にかアルカの懐に入っていたニールが呟いた。

「貴様らのような化け物に対抗する方法が分からないと、ユーリに相談したことがあった。懐かしいな。【牙天】」

ニールは『トナティウの大剣』を掲げて【牙天】と唱えた。

すると大剣の刃先が高速で振動を始め、金属を打ち鳴らすような音が辺りに響く。

「結局、僕には剣しかないことが分かってね。ずっと剣の腕を磨いていたんだ。【辻斬り】」

ニールは大剣を真横から二回、目にも留まらぬ速さで振り抜いた。しかし、アルカの体には傷一つ付かない。

「シネェェェーーーーーーー!!」

アルカの爪がニールに薙ぎ払われる。

ニールはそれを大剣で受け止め、かろうじて致命傷を避けた。だが、後ろに吹き飛ばされ岩に叩きつけられてしまう。

衝撃で身動きが取れないニールの息の根を止めるべく、アルカが追い打ちのブレスを放とうと口を大きく開けた。

その時、突然アルカの胸部が大きく切り裂かれ、黒い血飛沫が溢れ出した。

それは先ほど、ニールが剣を振るった場所だった。信じられないことだが、ニールの斬撃が鋭すぎて、切られたことを認識できないほどの剣技だったのだ。

「クァァァァァァァァァァーーーーーーー!!!!!!!!!!」

傷を受けたアルカはのたうち回りながら声を上げた。対してニールは「出番を無くしてやりたかったが……。ユーリ、後は頼んだ……」と言葉を残して意識を失ってしまう。

「上出来すぎる。あとは、任せろ!」

232

ユーリはニールの労をねぎらいつつ、時空間魔法の【ショートワープ】を唱えると、のたうって

いたアルカの前に現れた。

すでに全身に肉体強化の魔法を施されているユーリは、『大剣・白月』を上段に構えて告げた。

「これで終いだ。……【一星】」

ユーリは【一星】と呟いて、大剣をまっすぐに振り下ろした。

その一刀は凄まじい威力の斬撃を生んで、アルカに襲いかかった。しかし、徐々に斬撃の威力に押され、二十メートル

アルカは斬撃を両手で受け止めようとする。しかし、徐々に斬撃の威力に押され、二十メートル

ほど後退したのち、やがて巨大なドラゴンへと変貌していたアルカを真っ二つにしたのだった。

それでも……。

「アァ……!! ワ、ワタシハシナヌ!!」

「……っ」

真っ二つになり体が炎上してもなおアルカは起き上がり、呪いの言葉を撒き散らしてユーリに向

けて手を伸ばした。しかし、ユーリは怯むことなくアルカをまっすぐに見つめた。

「マタ……オマエノマエニ……アラワレル……グフッ!」

アルカの手がユーリに届くことはなく、やがてアルカは粉々に砕け散ったのだった。

「ふぁ……疲れた」

戦いを終えて、満身創痍のユーリはその場に座り込んだ。

手にした大剣『白月』が小さく縮み、もとの短剣のサイズに戻る。

「はぁ……はぁ……」

「ユーリ！　大丈夫!?」

ユーリのもとへリムが駆け寄って来た。

「あぁ……ギリギリな」

「よかった。立てる?」

ユーリはリムが差し出した手を掴んで立ち上がった。

「すまない。おっと」

「いいよ」

「ちょっと、行かなくちゃ……」

「え?　どこに?」

ユーリはリムの肩を借りながら、ふらふらと歩き出した。

その表情は真剣であり、まだ大切な仕事を残していると言わんばかりである。

そして、ユーリが足を止めたところは、ちょうどアルカが消えた場所だった。

「え?　コラソンさん……!?」

リムはそこに倒れていた人に気づいて驚きの声を上げた。

左腕を失い、体中の至る所に切り傷があるが、その人は紛れもなくコラソン・シュルツであった。

ユーリはコラソンの隣にしゃがみ込み、首筋の血管に手を当てて生死を確認する。アルカに取り込まれて、とても危険な状態だったが息はあるようだ。

「かなり脈は弱いけど。きっと間に合うはず……テレシアは……まだ来れそうにないか？」

ユーリが周りを見渡すと、テレシアは負傷した仲間達の治療を懸命に続けていた。やむなくユーリは自分の手をコラソンの体の上にかざして治癒魔法を唱える。

「今の俺に残っている魔力では、これが限界……多少の効果があるか？　【ヒール】」

魔族カルゲロから受けた傷に通常の治癒魔法は効きにくいと分かってはいたが、このまま手を拱いていたら手遅れになる。僅かでも希望があるうちは諦める訳にはいかない。治癒魔法を使い始めたユーリの隣にリムも座り込んで、その手に自分の手を重ね合わせた。

「私も手伝わせてよ。【ヒール】」

ユーリとリムは二人揃って治癒魔法を唱え始めた。すると、コラソンの体が光に包まれて傷口から黒い火花のようなものがバチバチと発せられた。何らかの力によって治癒魔法の効果が阻害されているようだ。

「く……！」

「あまり効果が……」

「効果は少ないかもしれないが……テレシアが来るまで少しでも時間を稼ぐぞ」

それから十分ほどが経った後——。

ようやくユーリ達のもとへテレシアが駆け寄って来た。

「大丈夫⁉ ユーリ、ケガはない⁉」

「俺は大丈夫だ。それより」

「!? え? どういうこと? なぜ、ここに人が……!? でも、今はそんなことより……早く治癒を開始しないとだね！ 二人とも離れて……【星影】」

テレシアがセフィロトの杖を構えて【星影】と口にすると、コラソンが光に包まれた。

ユーリがテレシアにコラソンのことを説明する。

「この人は……俺の師匠のコラソン・シュルツだ。師匠はわざと自分の肉体を取り込ませてアルカを弱体化させた。もし、アルカが弱体化されていなかったら俺達では太刀打ちできなかっただろう」

事実を知ったリムとテレシアは、コラソンを見てゴクリと唾を呑んだ。

「俺は『リアンの短剣』の最後の力……【本解】の、今を切り裂く力によって、何とかアルカを倒して……奴に取り込まれた師匠を取り戻したんだ」

その時だった。

コラソンの傷を治癒していた光が、突然弾かれて飛散してしまう。

「な、なんで?」

「どうした?」

「治癒を受け付けてくれない……どうして? まだ弱いけど脈はあるのに」

テレシアは治癒が拒否されたことに動揺した。原因は不明だったが、それでも気を取り直して治癒を再開するため、セフィロトの杖に魔力を込める。

「もしかしたら……」

「ん? どうしたら……」

リムは言葉を濁したユーリに問いかけた。

「もしかしたら、寿命が切れかけているのかもしれない」

「……そうか、その可能性は高いよ。この人はエルフ族なのね……若く見えるから、何歳か分かりにくかったけど」

アンリエッタは納得したように頷いた。

「いや、師匠はアルカを弱体化させるための代償として寿命を支払ったと言っていた」

「そうなんだ。……ユーリ、私はこの世界では治癒魔法に秀でている方よ。これまでにもたくさんの人達を治癒してきた。その経験から言わせてもらうと、治癒魔法のメカニズムの鍵は細胞分裂の回数にあるの。つまり……そもそも治癒魔法とは、細胞分裂を促すことで傷口を繋ぎ合わせる仕組みだから、寿命が尽きかけていて細胞分裂が可能な回数が残り少ない場合、治癒魔法は効きにくいんだ」

「そうか……く」

　テレシアの説明を聞いてユーリはがっくりと膝を突いた。

「ユーリ、コラソンさん死んじゃうの？　ねぇ？」

　リムがユーリの服の袖をギュッと引く。

「師匠が死……っ！　くそが‼　何か……何か、テレシア……どうにかならないか？　治癒魔法
に詳しいんだろ⁉　そうだ、死者を復活させる魔法とか……」

「私には残念ながら死者を蘇らせることは出来ないし、なくなった寿命も取り戻せない」

「……なくなった寿命を取り戻す？」

　ユーリはテレシアの肩を掴んで揺さぶった。

　テレシアはユーリの見幕に面食らって戸惑いの声を出す。

「う、うん」

「……そうか、……その手があった。　馬鹿だな。　俺はなんで気づかなかったんだろう。　なくなった
ら足せば済む話じゃないか。　ハハ」

　ユーリは空を仰ぎ見て、大きく笑い出した。

「ど、どうしたの？」

「ユ、ユーリ？」

　突然、笑い出したユーリを前に、テレシアとリムは狼狽した。　万策尽きた落胆のあまり、正気を

238

失ってしまったのではないかと心配する。

しかし、ユーリの耳には彼女達の不安な声も届いていないのか、そのまま後ろにバタンッと寝転がった。

「ハハ……テレシア」

「な、なに？」

「これを使ってやってくれ」

憑き物が落ちたような清々しい顔でユーリは、自分のポケットに入っていたある物を取り出し、テレシアの手に載せる。

「これは何？」

「長命薬」

「は⁉」

ユーリの答えを聞いてテレシアは絶句した。

「だから、長命薬。それ、最後の一つだから大事に扱ってくれよ」

テレシアは仰天して思わず大きな声を張り上げてしまう。

「な、な、なんでユーリがそんなすごいものを持っているの⁉　長命薬は伝説の秘薬と言われる秘薬中の秘薬だよ⁉」

「作った」

「つ……作ったって!?　正気なの？　ほ、本物なんだよね？」

テレシアは慌てて包み紙の中に入った長命薬を取り出して観察した。いくら何でも本物の長命薬が存在しているとは信じられずに疑っているらしい。

「あぁ……本物。スキルの【鑑定】で調べたし」

「……ヤバ」

「早く、それを飲ませて寿命を回復させてから治癒してやってくれ」

「分かった。やってみるよ」

テレシアはすぐに長命薬をコラソンに服用させて治癒を再開した。

こうしてユーリはテレシアを手に入れ、コラソンを助け、そして大切な人々も守った。更について

でに、滅びの未来から世界をも救った。

だが一つだけ、ユーリは自分の願いを叶えられずに不満を残していた。

というのも、ユーリは以前からアルカ討伐の功績はニールにでも押しつけ、貴族の仕事は部下に

でも押しつけ、自分は悠々自適に田舎でのんびり怠惰な生活を送ろうと思っていたのだ。

ところが、である……。何の手違いか、状況はユーリの思惑を見事に裏切って、ユーリは魔王の手

から世界を救った英雄に祭り上げられてしまったのだった。

……すべて一件落着、どころか──。

まったくもって、これはユーリにとって喜ばしい事態ではなかった。

――しかしそれもまた、別の話である。

エピローグ　物語は終わらない

──これは後日談である。

魔王アルカの討伐を無事に終えてから一カ月後。

ユーリはコラソン・シュルツの屋敷で開かれるパーティーに出席すべく、気心の知れた仲間達を引き連れて屋敷の長い廊下を歩いていた。メンツは使用人のディランとローラ、リムや冒険者のリナリー、シル、ルシア、ルースである。

「ふぁ……もう眠たくて」

ユーリは眠たげな目を擦りながら大きく欠伸をした。その表情には相当な疲労感が滲み出ている。

なぜ、ユーリがこのように消耗しているのかというと──。

もちろん、魔王との死闘による傷がまだ完全に癒えきっていないこともある。だが、それ以上にユーリを疲弊させた原因があった。

それは、復活した魔王を打ち倒した英雄がユーリ達であることを世界中に知られてしまったからである。

ユーリとしては、戦いを始める前から魔王討伐後のゴタゴタを想定し、もしも魔王に勝利した暁には、その功績をすべてニールに押しつけて、自身は逃亡する計画を立てていた。

なぜなら、その後に世界中で開催されるであろう、各国の王侯貴族との煩わしい祝典やら何やらに自分が引っ張りだこになるのが目に見えていたからだ。

名誉というモノにまったく興味のないユーリにとって、これほど厄介で、面倒で、気疲れする事態はなかった。

──ところが、である。

ユーリにとっては誠に不幸なことに、魔王を打ち倒して「さあ、各国へ報告だ！」というタイミングで、なんと裏ユーリが登場し、彼が事前に準備していた思惑をすべてぶち壊してしまったのだ。

ユーリは、自身が恐れていた通りの事態に巻き込まれてしまったのである。

世界中の人々は魔王の復活を知って、恐怖と混乱の境地に陥っていたため、この願ったり叶ったりの吉報を耳にして文字通り狂喜乱舞した。

こうして、ユーリをはじめとした『希望の子』達──ニール、アンリエッタ、ラーナ、リム、アラン、テレシアの七人は魔王を倒した英雄として祭り上げられることとなり──。

他の『希望の子』と比べても、ユーリの周りは特に忙しくしなかった。魔王アルカに止めを刺した者こそがユーリだと広まってしまったからだ。結果、連日連夜パーティーに引っ張りだことなり、休む暇もなく……そうしてユーリは、完全に疲れきってしまったのである。

「ユーリ様、大丈夫ですか？　お疲れでしょう？」

ユーリの隣を歩いていたメイドのローラが心配そうに声をかけた。

「まぁ……そうなんだけどね」

「……でしたら」

「今回は親しい身内だけが集まったパーティーだしね。ここ一カ月で溜まりに溜まったストレスを発散したい」

「そうですか。ユーリ様の息抜きになるのでしたらいいのですが」

ユーリの言葉を聞いて、ローラは胸に手を当てて安堵した。

そこへ後ろからディランが話しかけてきた。

「おい、坊主。しかし、いったい……ほんとに、ここはどこなんだ？」

「さっき、内緒だって言ったろ？　会場に着いてからのお楽しみだよ」

「そうは言ってもなぁ。冒険者連中とも話していたんだが、かなり古い造りの屋敷だ。飾られている壺や絵は古すぎて価値は分からんが、金細工や宝石の意匠が施された剣が幾つもあるぞ？　坊主は身内のパーティーと言っていたが、王族にでも屋敷を借りているのか？」

ディランの反応は仕方がなかった。というのも、秘密の場所だという理由で、彼らは目隠しをされてユーリの時空間魔法で連れてこられていたからである。

「王族？　いや……きっと、もっと驚くと思うよ。あー、ちなみにこの場所は、一応ガートリン男

爵家の領内だよ」

「は？　どういうことだよ」

「まぁまぁ。さて、大広間と聞いていたから、この部屋かな？」

そう言うと、ユーリは一際大きな扉の前で立ち止まった。扉の隙間からは、大勢の人々による楽しげな声が漏れている。パーティーの開始時刻までは時間があったが、もうすでにかなりの人達が集まっているようだ。

「あ……そうそう、何度も言った通り、ここで見聞きしたことは他言無用だからね。それからみんな、くれぐれも驚きすぎないように……」

ユーリは扉のドアノブに手を置いて、連れてきた全員に改めて釘を刺す。

すると、冒険者のリナリーが口に手を当てて小さく笑った。

「ふふ、今更だろう」

「そうかい？」

「さすがに私らは少年のとんでもない行動に耐性が出来上がっているからね」

リナリーの仲間である冒険者のシル、ルシア、ルースの三人もうんうんと頷いた。

けれどもユーリは、彼女らの反応を裏切るかのような悪戯っぽい笑みを浮かべて言葉を継ぐ。

「ふふ、それはどうかなー？　今までみんなが見てきたのは、言ってみれば子猫みたいなもんだからね。ここから先はライオンレベル……いや、それ以上のドラゴンクラスが待ち構えているか

「……ある程度の覚悟はしておいてもらわないと……」

「な……今までので!?」

「そんなこと、ある訳……」

「そ、そうですよね……!」

「うそだ」

リナリー、シル、ルシア、ルースは唖然とした面持ちで固まった。

「ハハ……世の中の広さを知るといいよ」

ユーリがゆっくりと呟くように告げる。

その時、もったいぶってみんなを焦らすユーリの服をリムが引っ張った。

「ユーリ、ユーリ。早く中に入ろう。きっと、みんなもう集まっているんでしょ?」

「あぁ。そうだな、すまない。では——」

ユーリが開いた大きな扉の先には、人間や獣人だけでなく美しい妖精やエルフが、なんと総勢百人は下らない規模で集まり、飲めや歌えの大宴会に興じていた。中でも目を引くのは、宙をフワフワと漂う可愛らしい妖精の姿であろう。

このあまりに非日常的な光景を目にして、リム以外のメンバーは度肝を抜かれて驚愕の声を上げた。

「「「「はぁぁぁぁぁぁぁぁぁぁぁぁぁぁぁぁ——————————！？」」」」

「ハハハ……だから、驚きすぎないでねって言ったのに」

ユーリは後ろを振り向くと、言わんこっちゃないという顔で仲間達を眺め回し、ニヤリと白い歯を見せて笑った。

「ユーリ様、これはいったい、どういう……！？」

「ちょっ……なんだよ！？　あの生き物はぁ！？」

「小さくて綺麗……私、夢を見ているのかな？」

「……えっ……えぇっ！？　……えぇっ！？」

「ハハ、人形じゃないのか？　宙に浮いてるし、羽も生えてら……」

「なんだありゃ……？」

ユーリの仲間達は、このあり得ない状況をなんとか理解しようと考えを巡らせているらしい。そこへ一人の男がユーリの近くに歩いてきた。それは屋敷の主人であるエルフ族のコラソン・シュルツであった。

「やぁ、ユーリ君。ようやく主役の登場だね」

コラソンが現れると、ユーリの仲間達は更にびっくりして腰を抜かしそうになっている。

何人かは口を押さえて声を我慢しているようだ。

「俺は、そんな柄じゃないのだけど……」

「ハハ、そうだね。ただ、君が世界を救ってくれたことは紛れもない事実だからね」

「どうにかならないですかね。街で吟遊詩人とかに謳われるようになって、すごく恥ずかしいのですが」

ユーリとコラソンが話していると妖精の国の王であるアリス・リリアーヌが飛んで来て、ユーリの肩にちょこんと腰かけて微笑んだ。

「やっぱりならんですか……って、アリス様。口元にベッタリとケーキのクリームが付いてますよ。ハンカチで拭きますから動かないでくださいね」

「うむ……すまぬな」

ユーリはポケットからハンカチを出して、アリスの口元を丁寧に拭いてやる。

「相変わらず、甘いものが好きですね」

「甘いものは生きがいみたいなもんだからな。ここに用意されたケーキも、なかなかうまいものばかりだぞ？」

アリスは素直にユーリの手でクリームを拭かれつつ、やんわりと反論する。

「そうですか、それは良かったです」

「おや？　そこにいる客人は新顔じゃな。ユーリの連れか？」

アリスは興味津々な顔でユーリが連れてきたリム以外の仲間達に視線を向けると、ユーリの肩から飛び降りてローラの前まで飛んでいった。ちなみに、リムはアリスの口からケーキという単語を聞くや否や、いても立ってもいられぬ様子で料理が並べられたテーブルのほうへ行ってしまっている。

「私は妖精の国リリアーヌの国王。アリス・リリアーヌ十五世である」

「は、はひっ……！　わ、私は、ユーリ様のメイドをしています、ローラと申します!!」

アリスの眩いオーラに当てられて、ローラは緊張のあまり上ずった声で挨拶した。

まぁ……仰天しているのは、ローラ一人に限った話ではなかったようだが。

「そんなに畏まらなくてよい。メイドとはいえ、ユーリがこの場に同席を許すほど信頼されているんだろ？　気軽にアリちゃんとでも呼んでくれていいぞ？」

「め、滅相もございません！」

ローラは頭をぶんぶんと振って恐縮する。

「うむ、遠慮は必要ないのだがな……」

アリスは少し頬を膨らませて腕を組んだ。

ぎこちない挨拶になってしまった場を和らげようと、コラソンが助け船を出す。

「まぁまぁ。アリス様、突然のことでびっくりしているんでしょう。こういうのは順を追って交流

「そうかの？　では、ユーリよ。此奴らを借りていくぞ。私達も良い人間との交流を深めたいと思っていたのじゃ」

アリスはユーリが口を挟む暇もなく、あれよあれよという間に、ユーリの仲間達を妖精王国の妖精達が集まる会場中央へと導いていく。

しばらくの間、仲間達はアリスとその取り巻きの妖精達の質問攻めに遭っているようだった。しかし、やがて肩の力も抜けてきたのか、探り探りであった会話が徐々に寛いだ雰囲気になっていく。

その様子をユーリとコラソンが少し離れた場所から見ていた。

「師匠、体調はいかがですか？」

「大分戻ってきているよ。……改めてすまなかったね。どうやら、僕が間違って——」

ユーリはコラソンの言葉を遮って首を横に振る。

「気にしないでください。俺は多分、師匠も助けたいと強く思えたからこそ、アルカに立ち向かえたんです。それに……結果的にアルカを倒して世界は救われたのですから、いいではないですか」

「うむ……そうなのかな？」

「そうですよ。終わり良ければすべて良しって言葉が前の世界ではありましたし」

「……そうか」

その時である。

ユーリとコラソンは、誰かに背中をドンっと思い切り叩かれた。

「あたたた……なんだ？　突然──」

「この痛みは……」

二人は顔を顰めながら背後を振り向いた。

そこには、ほんのちょっと頬を赤くしたコラソンの妹、エリン・シュルツが立っていた。

「あはははは‼　兄さん、飲んでるかい？」

「なんだい、エリンか……もう飲んでしまったのかい？」

お酒を飲んで陽気なエリンに対して、コラソンは少し呆れたような表情になって問いかけた。

「もちろんだとも！」

「やれやれ、相変わらずの絡み酒のようだね。水を取ってくるよ」

エリンの酒癖の悪さにはもう馴れっこなのか、コラソンは肩を竦めつつ水を取りにどこかへ行ってしまう。

自分に歯止めをかける者がいなくなり、エリンは好奇心旺盛な瞳をキラリと輝かせた。

「ふふ。こんなところに主役がいるじゃないか。なぁユーリよ。お前……」

「え？　何か？」

「ユーリ。初めて直接会うが、お前、なかなかいい男だな？　ハハ」

「は……はぁ」

エリンは離れていくコラソンの背中を一瞥し、ユーリのほうへにじり寄ろうと足を一歩踏み出した。と、その瞬間、エリンが盛大に転びそうになる。

だが、床に倒れる寸前でユーリが咄嗟に腕を伸ばし、エリンの体を抱え上げた。

「大丈夫ですか？」と言いますか……何か、俺のこと試してます？」

「ふふ、私が躓いたのを完璧に助けるだけでなく……それが故意であったとまで見抜くとは……さすがは魔王を倒すだけのことはあるな」

「それはどうも……って、どこを触っているんですか？」

エリンはユーリに密着した姿勢のまま、器用に彼のシャツのボタンを開けると、おもむろにその中へ手を差し込んだ。

「どこを……って、ちょっと胸板がどの程度のものか気になったので、チェックをだな」

「ちょ……あのくすぐったいので、やめてもらえますか？」

「もう少しじゃ……ほう、不摂生せずに無駄なく鍛え上げられているな。それに私を相手にしても心音が揺れることがない。自分の力に胡坐を掻いておらぬ証拠だ。これでは残念ながら、うちのアランでは勝てんはずだわ！　ハッハッハ」

ユーリの胸板にべたべた触れながら、エリンは愉快そうに笑った。

ユーリが迷惑そうな顔でエリンを持て余していると、そこへ飲み物の入ったグラスを持ったアランがやって来た。

「声が大きいですよ。それにこんな所で何してるんですか？　エリン」

「アランよ。私がユーリとイチャイチャしていることに嫉妬しているのか？　苛立つでないぞ」

「いや、そうじゃない」

「む、そこは『嫉妬しています』と言ってくれていいんじゃがな。……ふふ。では、一番の英雄になり損ねたことが関係しているのかの？」

「まぁ……それは多少はね。しかし、勝てなかった事実は受け入れる。だけど、俺は諦めない。ユーリ、お前より多くの人々に認められて本当の英雄になってやるからな！」

「ふむ、その意気じゃ！　英雄になる方法は一つではないからの」

エリンは我が意を得たりと相好を崩した途端、重力魔法の【フライ】を発動させて、今度はアランに勢いよく抱き着いた。

「おっと、なんだよ！？　急に……！」

「可愛い奴よ、アラン」

「な……！？　どこ触ってやがる！　ここは人がいっぱいいるんだからな！」

所構わぬエリンの求愛行為にアランが動揺していると、騒ぎを聞きつけたルリアが現れた。両手にこんがり焼けた肉を持ったルリアは、本来の龍の姿ではなく青い髪の女性に化けた状態である。

どうやらアランとエリンがイチャついていたのが気に食わなかったらしい。

「あ……エリンさん！　アランは私のなんだからね！　そんな、ベタベタ触らないで！」

「ふふ、いつまで経っても初心な反応は、やっぱりアランが一番じゃよ」

「そんな一番にはなりたくないんだけど！」

「だから、もう！ 離れてって、言ってるでしょ!?」

「ごめんって、ルリア、お願いだから俺の髪の毛は引っ張らないで！」

あれやこれやとお互いに好き勝手な主張をぶつけ合っているうちに、三人は痴話喧嘩に突入してしまった。

逃げるなら彼らが揉み合っている今がチャンスだ。

ユーリはそう状況を見極めると、エリン達の意識が自分から離れたことを幸いとばかりに、スキルの【隠匿】と音魔法の【サイレント】で気配を消して、その場を離れたのだった。

ただし、一難去ってまた一難とは、こういうことであり──。

ユーリが逃げた先では、人間に化けたフェンリルのパトラとラーナの二人が口論をヒートアップさせていた。

気心の知れたメンツが集まるパーティーにもかかわらず、やたらと喧嘩をしている人達が多いな、とユーリが渋面を浮かべていると、その原因が耳に入ってきた。

「テレシアが第一夫人に決まってるんだよ！」

「それは間違っています！」

「なにがなんだよ？」

「私がユーリ様の第一夫人です！」

「強いオスには複数のメスが寄り添ってもいいんだよ。だけど、テレシアの一番は譲れない。二番で手を打つんだよ！」

「そんなの嫌です！」

メイドのリムは二人の口喧嘩に我関せずといった感じである。そこはかとない自信を漂わせてケーキを摘まみながら、ユーリの心音を捉えようと神経を研ぎ澄ませる。

「ふふ、私はただのメイドだから第一夫人は無理だけど。ユーリの寵愛は私がもらうね。アレ、ユーリはどこに行ったのかな？」

リムは二人の口論などどこ吹く風といった顔でポツリと独りごちた。

「な、そんなの無理なんだよ。その寵愛も一番のテレシアのモノなんだよ！」

「寵愛ももちろん私がもらうんです。絶対に負けませんよ！ ……え？ さっきまで聞こえていたはずのユーリ様の心音が……突然、消えてしまいました……」

彼女達の揉めごとの理由が自分にあると知ったユーリは、いったん解きかけた魔法を再び自分に施すと、くるりと踵を返してその場から瞬時に逃げ出したのだった。

（はぁー親しい身内だけが集まったパーティーだったはずなのだが……）

ユーリは心の中で軽く愚痴りながら、身に降りかかりそうな危険を避けるため安全地帯を探していた。

しかし、そのような努力空しく、ユーリの右手を突然何者かがガシッと掴まれてしまった。

「ユーリ、なに走ってるのかな?」

俺の右手を握っていたテレシアから声を掛けられた。

(な、なんでだ!? なんで、気づかれた? 気配も心音も完全に消していたはずなのに……)

ユーリは戸惑いを隠しきれずに驚きの声を漏らしてしまう。

「んあ……なんで?」

「ユーリ? 何言ってるの?」

美しいテレシアの顔がどこか能面じみて見えるのは気のせいであろうか。彼女は訳が分からないといったふうに首を傾げた。薄らと微笑んでいるようでいて、目はまったく笑っていない。その瞳は、ユーリがどんなに気配を消そうとも、どんなに心音を消そうとも無駄だ、私からはもう逃げられないよ? と暗に告げているかのようだ。

「どうしたの? 顔青いよ? 治癒魔法いる?」

ユーリの背筋を冷たいものが走った。そして、テレシアの問いかけに首を横に振った。

「いや、大丈夫。大丈夫だから」

「そういえばさ。私達はいつ結婚式やるの?」

256

テレシアは笑顔でユーリに問いかけた。

何も知らない普通の人が見れば、紛れもなく最高の、すごくいい笑顔だった。

しかしユーリから見ると、その笑顔にはまさしく蛇に睨まれているかのごとく圧力があった。もちろん、ユーリが蛙である。

ユーリは、テレシアの重い……凄く重い問いに対して、張り付けたような笑みを浮かべながら口を開いた。

「……あーえっと……」

「せっかく、国王様から許しが出たんだし、早めに済ませておいたほうがいいと思うんだよね」

笑顔でテレシアが一歩前に出る。

「あ、で……そ、それはどうかな？　もう少し落ち着いてからのほうがいいんじゃないかな？」

「ユーリは今幾つものパーティーに参加させられているようだけど、言い寄られたりするの面倒臭いよね？」

「……」

テレシアの迫力たるや魔王を倒したユーリすらも怯ませてしまうほどである。

ユーリはテレシアの圧力に屈して一歩下がる。

「……」

「ユーリは面倒臭いのは嫌だよね？」

「それは……」

「ふふ、じゃ、早いに越したことはないと思うんだけど。私、間違ってるかな?」

ユーリとテレシアが問答を繰り返していると、大広間の壁にユーリの背中が押し付けられた。

「いや、あのな。こういう大事なことはさ。面倒臭いで済ましてはいけないと思うんだよね」

「む……そうやって、まさか有耶無耶にしたりしないよね? あんなにカッコよく告白してくれたくせに……。アレは、プロポーズじゃなかったの?」

男女の逆転した壁ドン状態に追い込まれつつ、ユーリは苦し紛れの言い訳を口にする。

「う……うん、そんなことはしないよ。ただね、ただ、もう少し時間が必要なんじゃないかと思ってさ」

「そうかな? そうかな? 最近、避けられているように感じたのは気のせいかな?」

「もちろん、そんな訳ないよ。結婚とか怠いなんて全然思ってないよ。うん。ほんと……アレだよ。結婚について先人にいろいろ教えてもらっていたんだ」

「ふーん」

腑に落ちない顔でテレシアが訝しんでいると、背後から青色の髪の女性が現れて彼女の肩に手を置いた。

「まぁまぁ……そのくらいにしてやれよ。これは楽しいパーティーなんだからね」

「アーリー……けどさ」

それはアーリー・クリスという凄腕の冒険者だった。千の魔法を操ると言われている魔法使いで

ある。

テレシアは振り返ってアーリーの顔を見ると、唇を尖らせて不服そうな態度を示した。

「私も彼と話をしたい。テレシア、彼を少し貸してくれないか?」

「はい……」

アーリーとテレシアは師匠と弟子の関係であった。一緒に旅をした経験もあり、その道すがらテレシアはアーリーから多くの魔法や戦いの方法について教わる機会を得ていた。したがって、他の人間ならともかく、アーリーの意見を無視することは出来なかったのだ。

だが、そこはテレシアも一筋縄ではいかない。一瞬、大人しくその場を離れるかに見えた彼女は、ほっと胸を撫で下ろしかけたユーリのほうを振り向いて念押しをする。

「ユーリ、このパーティーが終わったら、しっかり続きを話そうね?」

テレシアはいい笑顔であった。

決して言い逃れなどさせはしない、とテレシアの瞳が語っていた——。

対してユーリは口元を引きつかせながら、張り付けたような笑みで答えるしかなかった。

「……あ、あぁ」

「じゃ、またあとでね」

テレシアは一方的にそれだけ言い残して、歩いて行ってしまった。そんなテレシアの後ろ姿を見送りながらアーリーとユーリはしばらく黙っていた。

その沈黙を最初に破ったのはアーリーだった。

「面と向かって話すのは初めてだな。　私はアーリー・クリス。　彼女……テレシアの案内者として魔法を主に教えていた」

「ふぅ……とりあえず、礼を言わせてください。　本当に……本当にありがとうございます。　助かりました。　俺はユーリ・ガートリンです」

アーリーとユーリは互いに軽く頭を下げて握手した。

「彼女を悪く思わないでくれ。　ただ嫉妬して少し焦っていただけなんだと思う」

「……そうですね。　それで、俺と話したいことってなんですか?」

「私に畏まらなくていいぞ。　私はただの冒険者だからね。　それにこのパーティーは堅苦しいものではないのだろう?」

「アレ?　そうかな?　アーリー・クリスさんって……S級の冒険者でしたよね?　それはただの冒険者って枠に入るんでしょうか?　すごく疑問なんですが……ただ、まぁ……お言葉に甘えます。　それで俺に話したいこととは?」

「まずは世界を救ってくれたこと。　そして、私の師匠の命を助けてくれたことのお礼を言わせて欲しい。　君にはほんとに感謝しかない」

「アレ?　アーリーさんって、コラソン師匠から魔法を教わったの?」

「あぁ……私はもともと孤児でね。　昔、シュルツ兄妹に拾われて育てられたんだ。　まぁ……実際に

「そうだったんだ」

「あぁ。ただ、私がコラソン師匠から少し魔法を習った時は、もっと心の冷めた人だった」

「え？　そうだったかな？」

「フフ、そういう意味じゃないよ。心が冷めていたんだよ。預言者イルーカ・シュルツの指示通りに動きはしただろうけど。少なくとも以前なら他人のために命を張るような真似はしないただろう」

「……それは？　えっと？　つまり……どういうこと？」

ユーリはアーリーの言葉が理解できず首を傾げた。

「おそらく、コラソン師匠を変えたのは君なんだろうな」

「ハハ、それはどうかな？　人間はそんな簡単に変われるものではないと思いますが。師匠はエルフだけど……」

「そうだね、確かに。だけど、やっぱり君と一緒に過ごした時間がそうさせたんだと思うよ」

「どうでしょうか？　まぁ……もしそうだとしたら少しは嬉しいけどな」

「さすがは、あのテレシアの惚れた男だな」

「いや、それは……」

ユーリはアーリーにテレシアの名前を出されて動揺する。

修業を受けたのは妹のエリンのほうだがね」

その隙をついてアーリーはしな垂れかかるようにユーリの腕に抱きつき、彼女の大きな胸を押し当てた。

「いい筋肉だ。それに顔も悪くない」

「ちょ……突然、なに言ってるんですか……」

「ふ……ハハ。ほんの冗談さ。英雄殿。私はエリンほど不節操ではないよ。……ただ、私に夫がいなかったら惚れていたかもしれんな」

アーリーは呵呵大笑しながらユーリから離れていこうとした。

その直後、二人の会話に割り込むようにノア・サーバントがすたすたと歩いて来た。

「ほほ……よく言う」

飲み物を持ったノアにユーリとアーリーの視線が向く。

「ノア様」

「やぁ、兄弟子じゃないか。元気そうで何より」

「お前は、昔はエリン以上だったじゃろうが」

往年のアーリーを知るノアは、顎髭を撫でながらしたり顔で彼女を揶揄した。

その刹那、ノアとアーリーの視線がぶつかって激しく火花を散らす。

「老害め!」

「ビッチめ!」

二人は声を低くして睨み合った。何やら彼らには浅からぬ因縁があるらしい。

とは言っても、ノアとアーリーはこの世界では屈指の力量を誇る名高い武人である。

その両名がピリピリとした険悪なムードを醸し出したとあっては、魔王討伐の立役者であり、世界を救った英雄であるユーリも一歩引き下がるしかなかった。

そうしてユーリは、アーリーの興味の対象が自分から逸れたのをいいことに、スキルの力で再び気配を消すと、その場から逃げ出したのだった。

行き場をなくしたユーリがパーティー会場をふらふらと彷徨っていると、彼は逃げた先で誰かにぶつかった。

「きゃ……」

「おっと……すまん、アン」

ユーリとぶつかったのは妹のアンリエッタだった。彼女は冒険者のような服装をしており、片手にチキンを持っていた。

「お兄ちゃん？　どうしたの？　気配消して」

「すまん。ちょっと……な」

「ふふ。変なの」

「そう……だな、確かに……」

264

「そうだ。ローラ達も連れてきたんでしょ？　びっくりしてたんじゃない？」

「あぁ、そりゃあもう。今は妖精達に囲まれてワイワイ宴を楽しんでいるよ」

「そっか、ならよかった」

「おい、飯取ってきたぞ……って、ユーリ、もう来ていたのか」

アンリエッタとユーリが喋っていると、ニールが大量の肉を載せた皿を持ってやって来た。

「おう。何だ、ニールはパシリでもさせられているのか？」

「いや……」

軽い皮肉を込めたユーリの質問に対してニールが言葉を濁す。ニールがまごまごしていると、その横でアンリエッタがくすくすと笑いながら代わりに答えた。

「ふふ、朝の稽古の時、私が勝ったからね。今日は絶対服従なの」

「それは……お疲れだな。というか一つ思うんだが、この世界の危機は去った訳だし……もうそんなに強くなる必要はないんじゃないか？」

「え？」

素朴な疑問を投げかけるユーリの顔をポカンと見て、二人は同じ反応を示した。

「だって、お兄ちゃんに負けっぱなしは悔しいし」

「お前な、誰かに負けっぱなしは悔しいだろ？」

アンリエッタとニールは、さも当たり前のように「何を言っているんだよ、お前」と二人揃って

呆れ顔で返す。

「ハハ……そうかい。二人とも戦いは生むってことを知らんのか？　はぁ……なんと、人間とは愚かな生き物であることか……俺は悲しいぞ？」

「けど、お兄ちゃんだって、私に負けたらどうするの？」

お言葉を返すようですが、というニュアンスで、アンリエッタがユーリに反論した。

「それはお前……」

「ムキになったりしない？」

「まぁ……その時になってみないと分からないな」

ユーリは即答を避けて天を仰いだ。

彼らの意見が平行線を辿っていると二人の男女が近寄って来た。

「ふふ……絶対、ムキになるだろうね」

「だろうな」

確信めいた口調で話しかけてきたのは、近づいてきたリサとラルクであった。二人には、ユーリとアンリエッタが『ケイリの玉』で別の時空間に飛ばされた時、随分と世話になっていた。

「アレ？　リサにラルクさんか？　久しぶりだな」

「なかなか顔を見られなかったからね。今日は会えて嬉しいよ」

「うん、ほんと。よかった」

ユーリはラルクとリサと、それぞれ固く握手を交わした。

『ケイリの玉』から出て以降、ユーリは忙しい日々を送っていたので彼らに会えていなかった。現在、リサとラルクはニールの父親であるロンアームス伯爵の領地で暮らしているそうで、アンリエッタやニールとはすでに会っていたという。

「ふふ……まさか、あのユーリが今では英雄様だからね」

リサが茶化すように軽口を叩いた。

「はぁ。俺だって……英雄なんて好き好んでなった訳じゃないんだけど」

ユーリは心底うんざりしたように溜息を吐く。

すると話を聞いていたニールが、やれやれと肩を竦めながらユーリの落ち度を指摘する。

「仕方ないだろう。お前が大勢の前で高々と宣言してしまったんだからね」

「アレは俺じゃないんだー! アレはあぁあー――!!」

ユーリが頭を抱えて悶えつつ裏ユーリの存在を呪っていると、ニールとアンリエッタが何度も大きく頷いた。

「まぁ……事実なんだから、僕に異論はないけどな。やはり、一番の英雄は君だ」

「そんなの誰からも文句が出る訳がないよ。例え、そんな不届きな輩が現れても、私が潰してあげるから。安心してね、お兄ちゃん」

「一番とか要らないし。それに全然、安心できないから。今からでも一番の英雄とやらを誰かに代

わって欲しいんだけど……！」

ユーリの要望にニールとアンリエッタはそれぞれ首を横に振った。

「遠慮しておく」

「私もそういうのは興味ないからいいや」

食事をするように戦闘を好むバトルジャンキーのニールとアンリエッタだったが、とかくいろいろ面倒な英雄という立場には端から関心がないらしい。二人はユーリの申し出をきっぱりと拒否した。

魔王の手から世界を救った英雄達とは思えないやり取りを見て、リサとラルクは小さく笑い合ったのだった。

しばらくユーリ達が談笑していると、そこへ飲み物を片手に持ったコラソンが近づいて来た。

「あ……ようやく、見つけたよ」

「あ、師匠。どうしました？」

「全員揃ったから、ユーリ君行こうか」

「え？　ちょっと」

コラソンはユーリが尋ねる暇も与えずに彼の手を握ると、大広間の中央に設置された二メートルほどの壇上の前に連れていく。

268

「主役の挨拶がないとつまらないからね」

「ちょ……ちょ……！」

そのままユーリは無理矢理乾杯用のグラスを渡され、あれよあれよという間に背中を押されて壇上へ登らされてしまった。

と同時に、ユーリが壇上に立ったことに気づいた出席者達が一斉に注目した。皆、談笑を止めてユーリが何を話すのか興味津々といった表情である。

壇上からはパーティーに招待された全員の顔が一望できた。

静かな沈黙の中、ユーリは覚悟を決めてゆっくりと口を開いた。

「えっと……。なんか、もう、今更改まって言うことなんかないし……。気の利いたセリフを考えるのも面倒臭い。だから、一つだけ言わせてくれ。みんな、ありがとう!!」

ユーリはグラスを掲げると、大きく息を吸い込んでから叫んだ。

「宴だぁぁぁぁぁぁぁぁぁぁぁぁぁぁ――！！！！」

ユーリが乾杯の音頭を取ると、多種族交流の異色なパーティー……もとい宴は、いっそうの盛り上がりを見せた。皆、浴びるほどに酒を飲み、素晴らしい料理でお腹をパンパンにしながら、魔王討伐と世界に平和が訪れたことを祝う宴を楽しんだ。

そうして盛大な宴は、いつ果てるともなく続くのだった。

宴が終わってから三時間後——。

ユーリは自室のベッドに腰かけながら大きな欠伸をした。

「ふぁー」

「ユーリ様、寒くなりましたから服を着崩さずにちゃんと着てください。風邪をひいてしまいますよ」

ローラがユーリを気遣って、ユーリの服のボタンを留めていく。

「んー堅苦しいよ」

「フフ、そう言わずに。暖かくして寝てくださいね」

ユーリが眠たげに目をショボショボさせてベッドに横たわると、ローラが毛布を手に持ってユーリにかけた。

「んーん、ありがとう。あ……そういえば……」

ユーリが部屋の天井を見ながら言葉を濁した。

そのユーリの様子が気になったのかローラが問いかけた。

「どうかされましたか?」

「……今まで秘密を作っていてすまなかったな」

「そうですね。少しショックでした」

「悪かったな」

「ですが結局のところ、ユーリ様はユーリ様でしたからいいのです」

ローラはユーリのおでこに手を乗せた。

「俺は俺か……そりゃそうだ。人間はそんな簡単に変われるもんじゃないからね」

「ふふ、そうですね」

「じゃ……寝るとするよ。ローラ、今日も一日ありがとう」

「こちらこそ、ありがとうございました。おやすみなさい。何かありましたら、お呼びください」

「あぁ」

ローラはユーリから離れると、一回お辞儀して部屋から出ていった。

「ふぁ……」

ユーリは部屋を出ていくローラを見送る。ようやく人心地がついたユーリは大欠伸をしながらサイドテーブルに置いてあったランプの火を消した。

そして、穏やかな眠りについた。

夢の中で、ユーリは自分が真っ白い空間に立っていることに気づいた。

突然、覚醒したユーリは不思議な既視感に包まれて独りごちる。

「うお？　なんでまたここに!?」

そこは、ユーリが異世界転生する際に一度訪れた場所であった。

『元気そうで何よりじゃの』

ユーリが声をかけられて背後を振り向くと、白髪の老人が微笑んでいた。

その老人は以前、神様と名乗っており――。

ユーリに異世界の崩壊を阻止するよう依頼してきた人物でもあった。

「久しぶりですね」

『ほぉほぉほぉ、そうじゃの。随分楽しそうに異世界ライフを満喫しているようで安心したわい』

「満喫といいますか、面倒事ばかり回ってくるのですが……でも、いい出会いも多くありました」

『ほっほ、変わったの』

「そうですか？　あまり実感がありません」

『そうかの。まぁ……そういうことは自分では気づきにくいもんじゃからな』

「それで、今日俺がここに呼ばれた理由は何でしょうか？」

『ほぉほぉほぉ、お主は忘れておるのやも知れんがな。神である私が約束をたがえる訳にはいかんのでの。しかし、まずは言わせてもらうぞ。ユーリ・ガートリン……いや、岡崎椿。よくぞ、多くの苦難を乗り越えて、世界を救ってくれた』

「は、はぁ」

『で、本題じゃがの。お主を異世界に送る際にした約束を覚えているか？』

「え？　約束？」

『やはり、忘れておったか。しかし、神は一度言ったことを引っ込めることは出来ん。以前約束した通りに、世界を救ったお主の願いを一つだけ叶えてやる』

「あ……あぁ、そんな約束していましたね。異世界を救ったらなんとかってやつ」

『まぁ……出来る範囲でじゃが』

「そうですか……願い事ですか。何かありますかね……？　んー、まあ、とりあえず……今のところは何もないんだけど。強いて言うなら……のんびりまったりスローライフを送りたい!!　ってところでしょうか。だけど、英雄にも祭り上げられちゃったし……今世では、ちょっと難しいかなぁ……あ、でも待てよ……そうだ」

『なんじゃ、もう決まったかの？』

「はい。決まりました」

『では、聞こうかの。言ってみよ』

神様がユーリに問いかける。

すると、ユーリは神様をまっすぐに見つめて高々と宣言した。

「来世は悠々自適なスローライフを送りたい!」

◆

——ここは真っ白い空間。

先ほどまで、ユーリが神様と話していたところである。

その空間に神様が一人佇んで、白く長い顎髭を撫でながら呟いた。

『ほほ……何とかせっかく作った世界を壊さずに済んだわい。しかし、ジャミングを掛けられとったとはいえ……アルカの奴め、儂を出し抜くとはの。やってくれおる。うむ……神様も面倒になってきた頃でもあるし。そろそろ隠居したいの。だとすると後任を育てなくてはな』

それから神様は、何か閃いたらしく両手をポンと叩いた。

『お、そうだ！　丁度いい奴がおるではないか。一つの世界を救った、怠け者で、面倒臭がりの、ぐうたらな英雄が……』

エピローグのエピローグ

サク……。

サク……。

サク……。

サク……。

ユーリとニールが揃って、黙々と広大な農地に鍬（くわ）を入れていた。その鍬の音だけがあたりに響いている。

あの魔王討伐から、それなりの月日が経過した。ユーリとニール、共に二十歳となり、顔付きもすっかり大人びて、世の女性達が放っておかないであろうイケメンへと成長していた。

「……」

「……」

沈黙を破ったのはユーリだった。ユーリは鍬を入れるペースを崩すことなく、ニールに問いかける。

「なぁ……ニール。俺達、世界を救って英雄になったんだよな？」

「あぁ。なったな」

「じゃ。なんでこんなところで二人で農地開拓なんてしてるんだっけ？」

「それは、新大陸が見つかって、そこを人が住める領地に出来るようにと、開拓と探査の命令が下ったからだ。王様から」

「そうか」

「そうだな」

「……」

「……」

「農地を耕すなんて、魔法でやれば楽じゃない？」

「そうなんだが、敷地が広すぎて、こっちにいる魔法使いだけでは難しいんだろう」

「魔法使ったあとのんびり休んでいいなら、俺が一気にやってもいいよ？」

「君は農地開拓班と周辺探査班を見守りながら、非常事態が起こったら対処する役目だ」

「じゃさ、非常事態に備えて、肉体労働とかやらずに監視していたほうがよくない？」

「肉体疲労なら、君の奥方である……テレシア嬢に回復させてもらえるだろ？」

「……いや、俺はさ。確かにスローライフは望んでいたけど！　『野菜がない？　おお、じゃあじゃあじゃあ作りましょう』っていう展開を望んでたんじゃなくてさ。野菜はお店で農家さんから買えばいいじゃん？　お金なら、チートスキルや魔法があれば簡単に稼げるでしょ？　んー、百歩

譲って個人的な家庭菜園はいいよ？　魔法で簡単に出来るしね。ただ、村や街を作っちゃおうって

いう、超ヘビーなスローライフは望んでないんだけど！」

「物の大切さを……野菜を作る農家さんの苦労が分かるだろう？」

「いや、俺が一回でも『農業なんて簡単だー』なんて愚弄したか？　いつも感謝しながら食べてい

るさ」

　ユーリとニールがそんな不毛な会話をしていると、二人の男性が近づいてきた。

「こんなところに―！　オマエ！　オマエさえいなければ！」

　二人は……揃って緑色の髪に青色の瞳をした、どこか見覚えのある男性達だった。

　二人ともボロボロの服を身に纏い、持っていた鎌をユーリに向けて振り下ろした。

「はぁ……アンタ達か」

　ユーリは男性達に視線を向けて溜息を吐く。そして振り下ろされた鎌をひょいひょいと避けた。

「く……避けるな！」

「そうだ！」

「はぁ……本当に面倒臭い。元お兄様方」

　そう、以前の肥えた体型からは見違えるほどやせ細っているが、確かに二人はバズ・ガートリン

とカール・ガートリン、つまりユーリの元兄達である。

　それから二十分ほど、バズとカールはユーリに鎌を振り下ろし続けた。

やれやれと言いながら容易く躱すユーリ。

そんなやりとりの間も、ニールは興味がないのか相変わらず鍬を持って土を耕していた。

「はぁはぁはぁ……オマエさえいなければ！　こんな開拓団に参加しなくてもよかったんだ！」

「はぁはぁ……そうです。絶対にそうです。バズ兄様！」

バズとカールはユーリを追いかけるのに疲れたのか、肩で息を切らしながらユーリを睨んだ。

「お馬鹿さんだな。特にバズ。今俺がこの開拓団に参加しているのは、バズの代わりに貴族にさせられたからだ。バズは貴族であろうが一般人であろうが、どの道来ることになってたんだよ」

「うぐ……口が減らないやつめ！　そもそもオマエは兄に対する敬意というモノがないのだ！　本来なら、混じりモノのお前は、次期当主の件も辞退してしかるべきであろう！」

「そうです。絶対そうですよ！」

ユーリの指摘にバズは顔を顰めて頭の悪そうなことを言い返す。カールはまるでオームのように、バズの言葉にいちいち頷くばかりであった。

「はぁ……何言ってるんですかね。アンタ達がちゃんと認められていたのなら、俺は貴族なんてならずに済んだんだからな！　いい加減なことばかり言っているとぶっ飛ばすぞ？」

ユーリはまた溜息を吐くと、バズとカールを見据えて睨みつけた。

すると、バズとカールは恐怖に顔を歪めた。

「ひっ！」

バズとカールはユーリの殺気に怯んで悲鳴を上げ、そのまま泡を吹いて後ろに倒れた。

「そのくらいにしてやれ。労働力が減るだろう」

「はいはい」

ユーリはバズとカールをほっぽって、再びニールの隣で農地を耕し始める。

すると、しばらくして聞き覚えのある声が響いてきた。

「こんなもんやってられるかぁ！　儂を誰だと思っておるんじゃ！　『火山のシンゲ』と恐れられた……」

「はいはい。分かった。分かったから」

ユーリから少し離れた場所で、盗賊団の頭シンゲとクリムゾン王国の若い騎士が揉めていた。

「ぐぬぬ……」

「ぐぬぬ、次は何をすればいいんだ……？」

「あぁ……次は」

「盗賊から足を洗って、更生するために奉仕活動の一環で開拓団に来たんだろ？　じゃ、俺の命令を聞いて農地を耕さなくちゃな」

ユーリは何を思ったか、鍬を地面に突き刺して、シンゲ達に近づいた。

「アレ？　オッチャンじゃん、元気？」

「あ……お前は」

280

「あ……貴方様は……英雄……ガートリン伯爵様!」

現れたユーリに対し、シンゲは眉を顰め、若い騎士は緊張した様子で敬礼した。

ちなみに、ユーリは魔王を討伐し、世界を救った功によって男爵から伯爵に陞爵していた。

今後も陞爵する噂があるとかないとか。

「騎士さん、騎士さん。ちょっとこのオッサン借りていい?」

「も、もちろんです。私は少し離れています。万が一にも何かされることはないかと思いますが、何かありましたら、すぐに呼んでくださいね」

若い騎士が去っていくのを見送ると、ユーリはシンゲに視線を向けた。

「クク、まじめに働いているようじゃないか?」

「じゃかぁしいわ! ガキが!」

「あーせっかくいろいろ口添えしてやったのにな—」

「そ、その件は感謝しとる」

シンゲはある日突然ユーリの屋敷にやってきて、奉仕活動をする代わりに自分の首にかかった罰を減刑してくれるよう騎士団に掛け合ってくれないかと頼み込んできた。

結局、ユーリはその頼みを聞いた。基本的に殺しはしないというのがシンゲの盗賊団の掟だった。

実際に人を殺したことはあるが、いずれも懸賞首ばかり。だから、盗賊活動で得た金品などを押収された後は、八年間奉仕活動をするという約束を交わしてシンゲは減刑されたのだ。

ではなぜ、シンゲはそんな頼みごとをユーリにしたのか……。

「パパ〜」

トテトテと拙い足取りで走ってきた女の子が、シンゲに抱きついた。

途端に、先ほどの厳つい表情とは打って変わって、ゆるゆるのだらしない表情になるシンゲ。女の子を抱き上げて頬ずりしている。

「おぉ〜エリシアちゃん〜。こんなところに来ちゃ危ないじゃろう？」

この女の子はシンゲの娘。つまり子供が出来て、犯罪者の父親のままでは娘がかわいそうだから

と、盗賊稼業から足を洗うことを決めたようである。

「パパ〜、お髭がくすぐったいよぉ」

「そうか、すまんの。じゃが、仕方ないんじゃよぉ」

「へへ〜パパの応援しにきたんだよぉ」

「そうか。嬉しいのぉ」

シンゲと娘のエリシアはしばし抱擁を交わしていた。

ユーリはその光景を前に、奇天烈なものでも見ているかのような表情になる。

「相変わらず、すごい変わりようだな」

ユーリがぽつりと独りごちる。すると、エリシアがユーリに視線を向けた。

「あ……ユーリお兄ちゃん」

「久しぶりだね。何歳になったんだっけ？」

ユーリはエリシアと視線を合わせて問いかけた。すると、エリシアは顔を真っ赤にしてシンゲの後ろに隠れてしまう。

「あ……えっと……」

「五歳じゃ」

エリシアがユーリの問いに答えられずにいると、代わりにシンゲが答えた。

「いや、オッサンに聞いた訳ではないけどな。もう五歳か、時の流れは早いな。こっちの生活にも慣れた？　ローラが子供達集めて勉強会みたいなのを開いてるって聞いたけど」

「……う……あ」

「うむ、いつも楽しいようじゃ。ローラも優しいと」

エリシアが答えられずにいると、再びシンゲが代わりに答えた。

「いや、だから、オッサンに聞いた訳ではないんだけどな。そんなことより大丈夫か？　すごく顔が赤いけど？」

風邪だろうかと思いつつ、ユーリはエリシアの額に手を伸ばした。

「ひゃい……」

すると、エリシアは小さく声を上げて更に顔を赤くした。

その様子を見ていたシンゲは、何やら不穏なものを感じてユーリの手を乱暴に払いのける。

「いかん。エリシアをこれ以上お前に近づけてはいかんと勘が叫んどる！」

シンゲはそう言い放つや否や、エリシアを担ぎ上げて走り去っていった。

「なんだったんだ？」

ユーリは、走り去っていくシンゲとエリシアの姿を呆れ気味に眺めていた。

するといつの間にか後ろに立っていたニールが声をかけた。

「ユーリ。君、今日のノルマ分が終わらないと、夜眠れないぞ！」

「えー、それは聞いてないぞ？」

ニールに首根っこを掴まれて連れて行かれそうになったユーリは、そこでふと、遠くにいた開拓

団の家族である子供達と目が合った。

子供達はユーリを見つけると、一斉に走り寄ってくる。

「ユーリ！　ユーリ！　遊ぼ！　遊ぼ！」

「前みたいにマジック見せてー」

「クッキーちょうだい〜」

「かけっこしようぜ！」

「えーおままごとがいいよ」

ユーリの子供達からの人気は絶大だった。

なぜなら、魔王討伐に関する顛末が、吟遊詩人の歌となり、冒険記となり、ついにはミュージカ

ルという形となり、至るところで披露されているからだ。子供達にとって、ユーリはヒーローのようなものなのである。

「はぁ……俺も休憩したいところではあるんだけどね。でもそれじゃあいつまで経っても開拓が終わらな――」

そこでふと、駆けてくる子供達の背後から刺すような視線を感じ、言葉を詰まらせた。そしてその額から、たらりと汗が流れ落ちる。

「ユーリ、こっちの農地開拓にも付き合ってよ！　ユーリがいたらすぐに終わるでしょ！」

「ユーリ様！　異文化の村を発見しました！　これから話し合いを進めたいのですが、ユーリ様も同行してください！」

「ユーリ！　開拓団で疫病が広まってるよ！　治療を手伝って！」

リム、ラーナ、そしてテレシアが声を上げ、ユーリに押し迫ってくる。

それを見たユーリは、盛大に溜息を吐いて天を仰ぐ。

そして、力の限り叫んだ。

「これは、俺の望んだ怠惰な田舎ライフじゃない！」

チートなタブレットを持って快適異世界生活

AUTHOR
ちびすけ
CHIBISUKE

アプリのおかげで
超快適な異世界ライフ!!

[第12回]
アルファポリス
ファンタジー小説大賞
**特別賞
受賞作!**

鑑定、買い物だけじゃなく
キケンな魔獣も楽々ペットに!

家でネットショッピングをしていた青年・山崎健斗は、
気が付くと、いかにもファンタジーな街中にいた……

タブレットを持ったまま。周囲の様子から、どうやら異世界に来てしまった
らしいと気付いたケント。さらにタブレットを操作してみると、アイテムや
人間の情報が見えたり、地球のものを買えたりするアプリを使えること
が判明した。雑用係として冒険者パーティ『暁』に加入した彼だったが——
チートアプリ満載のタブレットのおかげで家事にサポートに大活躍!?

●定価:本体1200円+税　　●Illustration:ヤミ―ゴ　　　　　　　　　　　　　　　　　　　●ISBN 978-4-434-27055-0

Franku bokensya no kimamana henkyo seikatsu

最強 Fランク冒険者の気ままな辺境生活？

紅月シン kouduki

無自覚チート ダダ漏れの お気楽ライフ!?

元Sランク勇者の 天然やりすぎファンタジー開幕!

魔境と恐れられる最果ての街に、一人の少年がふらり
とやって来た。彼の名は、ロイ。Fランクの新人冒険者
である。魔物蔓延る過酷な辺境での生活は、彼のよう
な新人にはあまりに荷が重い。ところがこの少年、実
は魔王を倒した勇者だったのだ。しかも、ロイにはそ
の自覚がまるでないものだから、周囲は大混乱!?
規格外新人冒険者のちょっと賑やか（?）な辺境生活
が始まる!

●定価：本体1200円＋税　　●ISBN 978-4-434-27061-1

illustration：ひづきみや

この作品に対する皆様のご意見・ご感想をお待ちしております。
おハガキ・お手紙は以下の宛先にお送りください。
【宛先】
　〒 150-6005 東京都渋谷区恵比寿 4-20-3 恵比寿ガーデンプレイスタワー 5F
（株）アルファポリス　書籍感想係

メールフォームでのご意見・ご感想は右のＱＲコードから、
あるいは以下のワードで検索をかけてください。

 検索

ご感想はこちらから

本書は Web サイト「アルファポリス」(https://www.alphapolis.co.jp/) に投稿されたものを、
改稿、加筆のうえ、書籍化したものです。

異世界で怠惰な田舎ライフ。 6

太陽クレハ

2020 年 1 月 31 日初版発行

編　集－太田鉄平
発行者－梶本雄介
発行所－株式会社アルファポリス
　〒150-6005東京都渋谷区恵比寿4-20-3恵比寿ガーデンプレイスタワー5F
　TEL 03-6277-1601（営業）03-6277-1602（編集）
　URL https://www.alphapolis.co.jp/
発売元－株式会社星雲社
　〒112-0005東京都文京区水道1-3-30
　TEL 03-3868-3275
装丁・本文イラスト－やとみ
装丁デザイン－AFTERGLOW
印刷－図書印刷株式会社